No. 890.

Ensig. Conde Chantilly.

LES MILLE
ET UN
QUART-D'HEURE.

CONTES TARTARES.

Ornés de Figures en
Tailles-Douce.

TOME PREMIER.

A PARIS;

Chez ANDRE' MORIN, ruë Saint
Jacques, à Saint André.

M. DCC. XXX.

Avec Approbation & Privilege du Roi.

A

SON ALTESSE ROYALE,
MONSEIGNEUR
LE DUC

DE CHARTRES,

Colonel Général de l'Infanterie
Françoise & Etrangere , &
Grand Maître des Ordres de
Nôtre - Dame du Mont- Car-
mel , & de Saint Lazare de Je-
rusalem.

ONSEIGNEUR,

*LE Livre que je prends la li-
berté de présenter à Votre Altesse*

EPITRE.

Royale, est de la Nature de ceux qui peuvent instruire en divertissant : Quoiqu'il traite une matiere qui paroît badine, il ne laïsse pas de conduire à l'utile, par la Morale qui y est renfermée. L'esprit veut du relâche ; c'est dans ces momens, MONSEIGNEUR, où Votre Altesse se délasse de ses occupations sérieuses, que j'espere qu'elle voudra bien jetter les yeux sur mon Livre, & que j'ose me flatter qu'il aura le bonheur de lui plaire : Si je ne suis point trompé dans mon attente, je suis sûr de la réüssite, puisque votre suffrage entraînera bien-tôt celui de tous mes Lecteurs. En effet, MONSEIGNEUR, quelques excellentes

EPITRE.

qualités qu'il se rencontre dans
Votre Altesse Royale, il seroit
encore plus surprenant que vous
n'eussiez pas toutes celles qui font
un grand homme, étant né d'un
Prince moins recommandable encore par son auguste Naissance,
que par son mérite personnel, &
par une sublimité de génie qu'il
est difficile d'égaler; les vastes con-
noissances qu'il a acquises dans
toutes les Sciences qui peuvent
rendre un Prince parfait, sa valeur connuë par toute l'Europe,
& dont il porte des marques si
glorieuses, rejaillissent sur Votre
Altesse Royale ; & l'on voit déja
sur votre visage & dans vos actions les plus indifferentes, que
vous êtes digne fils de ce Héros.

EPITRE.

Mais, MONSEIGNEUR,
*je sens que je m'éleve un peu trop,
c'est à des plumes plus délicates que
la mienne, à faire de tels Pané-
gyriques ; il n'appartenoit qu'au
seul Appellès de peindre Alexan-
dre ; & je dois, en imitant la re-
tenuë des autres Peintres de son
tems, me contenter d'admirer en
secret les éclatantes actions du
Prince qui vous a donné le jour,
sans risquer de les défigurer par
des loüanges trop peu dignes de
lui. On ne me blâmera pas de
mon silence réspectueux, au lieu
que personne n'auroit peut-être
été satisfait de la foiblesse de mes
expressions.*

*Je sçai me connoître, & je
prétends moins me faire valoir*

EPITRE.

*auprès de Votre Altesse Royale,
par l'hommage que j'ose lui faire
de mon Livre, que par le zele
veritable avec lequel j'ai l'honneur d'être, de Votre Altesse
Royale,*

MONSEIGNEUR,

Le très-humble, très-soûmis,
& très-respectueux Servi-
teur GUEULETTE.

LES

LES MILLE
ET UN
QUART-D'HEURE.

CONTES TARTARES.

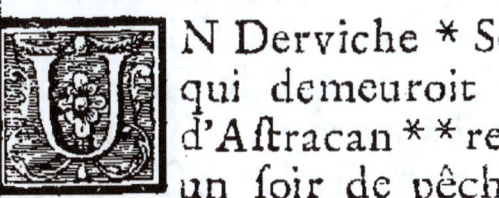 N Derviche * Solitaire
qui demeuroit auprès
d'Astracan * * revenant
un soir de pêcher à la
igne sur les bords du Fleuve Volga, fut surpris en rentrant dans

* Les Derviches ou Dervis, sont des Religieux
Mahometans. Ils affectent tous de paroître mo-
destes, humbles, patiens, & charitables,
ils ont les jambes nuës, l'estomac découvert, &
quelques-uns se brûlent encore avec un fer chaud
pour éxercer leur patience. Ils font profession de
pauvreté, de chasteté & d'obéissance, mais s'ils

Tome I.   A

une efpece de petite Loge qu'il
s'étoit bâtie lui-même, d'y trouver
un enfant nouvellement né , &
tout nud : il le prit entre fes bras,
& courut apprendre cette avanture à un Tailleur d'Aftracan, nommé Kourban , de qui il avoit coûtume de recevoir fouvent des aumônes.

La femme du Tailleur étoit heureufement accouchée la veille ,
d'une fille qui étoit morte dans le
moment même. Elle offrit la mamelle à l'enfant que le Derviche
lui venoit d'apporter , & oubliant,
pour ainfi dire, fa propre fille, elle

n'ont pas affez de vertu pour fe contenir , ils
peuvent obtenir la permiffion de fortir de leur
Monaftere , il y en a de folitaires à peu près
comme nos Hermites.
** Aftracan Ville capitale de la Province
d'Aftracan fur les frontieres de la Tartarie De-
ferte , vers les embouchures du Fleuve Volga fur
la Mer Cafpie, fa fituation qui eft fur les confins
de l'Afie & de l'Europe , eft caufe qu'il s'y fait
un très grand commerce.

tourna toutes fes affections vers
ce petit garçon qu'elle nomma
Schems-Eddin.

Le Tailleur & fa femme n'ayant
point eu d'autres enfans pendant
près de quinze ans, ils aimerent
le petit Schems-Eddin avec une
extrême tendreſſe ; & ce jeune
homme qui fe croyoit leur fils y
répondoit avec un refpect & une
foumiſſion qui augmenta encore
l'amour qu'ils avoient pour lui.
Quand il fut parvenu à un âge rai-
fonnable, quelque inclination qu'il
reſſentît pour les armes, la feule
volonté de Kourban le détermina
à apprendre le mêtier de Tailleur;
& en moins de deux ans il réüſſit fi
parfaitement dans cette profeſ-
fion, que fans avoir befoin de
prendre aucune mefure, mais à
la feule infpection d'une perfonne,
il lui faifoit un habit auſſi jufte,
que l'auroit pû faire le plus habile
Tailleur d'Aftracan.   A ij

L'adreſſe & l'habileté de Schems-
Eddin firent bien-tôt grand bruit
par la Ville ; perſonne ne paſſoit
pour être de bon goût , s'il n'étoit
habillé de ſa façon ; & la plûpart
des Dames ſe ſervoient de lui, ſans
que les maris en priſſent ombrage,
puiſqu'il lui ſuffiſoit de les voir de
loin pour leur apporter quatre
jours après un habit tel qu'on le
lui commandoit.

Un jour que Schems-Eddin
étoit dans ſa Boutique, une vieille
Eſclave l'abordant, demanda à lui
parler en particulier. Jeune homme, lui dit-elle, ſeriez-vous d'humeur à venir en ce moment avec
moi pour habiller deux des plus
belles Dames d'Aſtracan; Schems-
Eddin n'héſita point à lui promettre de la ſuivre, Ce n'eſt pas tout,
repliqua la Vieille, il faut que
vous conſentiez que l'on vous
bande les yeux, ſans cette condi-

tion, il ne m'eſt pas permis de
vous emmener avec moi. Schems-
Eddin fut ſurpris d'une pareille
propoſition, mais réſolu d'hazarder tout, plûtôt que de manquer
à voir deux belles femmes, il partit ſur le champ avec la Vieille.
Elle le conduiſit dans une petite
Maiſon des Fauxbourgs d'Aſtracan, le fit entrer dans une ſalle
baſſe ; & aveignant alors un mouchoir de ſoye brodé d'or, elle le
préſenta à deux Eſclaves noirs,
qui avoient le ſabre à la main ;
leur ordonna de lui couvrir les
yeux avec ce mouchoir, & de le
conduire où il étoit attendu ; mais
qu'au cas qu'il eût la moindre curioſité de voir la route qu'on lui
alloit faire tenir, ils ne balançaſ-
ſent pas à lui couper la tête.

Cet ordre effraya le jeune Tailleur : Ne craignez rien, lui dit la
Vieille, pourvû que vous ſoyez

fage & difcret , votre vie eft en
fûreté. Il fe raffura un peu par ces
promeffes ; fe laiffa bander les
yeux , & marcha en cet état près
d'une heure, au bout de laquelle
les Efclaves lui ayant ôté fon ban-
deau , *il fe trouva dans un Salon
fuperbe ,* éclairé de plus de cent
bougies.

Il y avoit au bout du Salon un
Trône d'argent maffif, fur lequel
étoient affifes trois Dames, cou-
vertes chacune d'un voile , mais à
travers duquel on pouvoit aifément voir que l'une d'elles, quoique parfaitement belle , avoit environ quarante ans ; & que la Nature n'avoit rien formé de fi charmant & de fi achevé, que les deux
autres qui n'en paroiffoient pas encore dix-huit. Un grand nombre
d'Efclaves pareillement voilées &
rangées des deux côtés du Trône,
gardoient un profond filence , &

paroiſſoient attendre avec reſpect
les ordres des trois Dames.

Après que l'on eut donné au
Tailleur le tems d'admirer tant
de magnificence, celle des trois
qui paroiſſoit la plus âgée, ſe leva
de deſſus le Trône : Schems-Eddin, lui dit-elle, ta réputation a
excité notre curioſité. On publie
dans Aſtracan des choſes merveil-
leuſes de ton adreſſe, nous en
voulons juger par nous-mêmes ;
regarde bien ces deux jeunes Dames ; examine leurs tailles avec
attention : peux-tu te venter, ſans
prendre autrement leur meſure,
de leur faire à chacune un habit
de bon goût ? Madame, repliqua
alors le jeune Tailleur, je ferai
mes efforts pour ſoûtenir la réputation que j'ai acquiſe avec quelque juſtice : J'en ai aſſez vû, faites-moi livrer les étoffes, vous ſe-
rez ſatisfaite avant qu'il ſoit huit
jours. A iiij

Les Efclaves noirs firent alors
paffer Schems-Eddin dans un autre Salon ; on lui ouvrit vingt cof-
fres remplis des plus belles étoffes
de tout l'Orient. Il choifit ce qu'il
lui en falloit pour faire les deux
habits complets. On lui banda les
yeux , on le reconduifit chez la
Vieille, & la Vieille le remena
chez lui. Si tu veux conferver ta
bonne fortune, lui dit-elle en le
quittant, ne cherche point à fçavoir d'où tu viens & pour qui tu
travailles ; le moindre pas que tu
feras pour parvenir à cette connoiffance te coûtera la vie ; fonge
feulement à executer au plûtôt les
ordres que tu as reçû : je revien-
drai te prendre dans le tems que
tu as promis l'ouvrage que tu
viens d'entreprendre , je te ferai
conduire devant ces mêmes Dames, aux conditions que tu as déja
éprouvées.

La Vieille alors ayant pris congé de Schems-Eddin, il fe coucha après avoir proprement ferré fes étoffes, dans la réfolution de travailler aux habits dès la pointe du jour : mais il ne put fermer l'œil de toute la nuit ; les charmes d'une des deux jeunes Dames lui revinrent mille fois dans l'efprit. Deux grands yeux bleus dont l'éclat n'avoit pas laiffé de paroître à travers fon voile, avoient fait une telle impreffion fur fon ame, qu'il n'étoit plus le maître de foi-même. Il fe releva, alluma fa lampe ; & après avoir rêvé quelque tems de quelle maniere il couperoit ces étoffes, il imagina un deffein fi fingulier & fi avantageux pour la beauté des deux jeunes Dames, & fur tout de celle qu'il aimoit, qu'il eut tout lieu d'efperer qu'elles feroient contentes de fon ouvrage. Il travailla enfuite avec

une extrême attention ; & les habits se trouvant faits au jour marqué, la Vieille qui le vint prendre, le remit les yeux bandés, entre les mains des deux Noirs, qui
après lui avoir fait faire les mêmes tours par la Viile, le présen-
terent aux trois Dames qu'il trouva assises sur le Trône d'argent.

Schems-Eddin n'eut pas plûtôt
ouvert son paquet & déployé les
habits, que l'on se récria sur son
bon goût. Les deux Dames pour
qui ils étoient faits, passerent dans
une espece de Garde-robe avec
quatre Esclaves. Elles rentrerent
dans le Salon quelques momens
après sans voiles, & sous ces nouveaux habits ; mais plus brillantes
mille fois que des pleines Lunes. *
Si-tôt qu'elles parurent, le Salon
retentit des battemens de mains

* Maniere de parler Arabes, pour exprimer une
extrême beauté.

des Efclaves, & le jeune Tailleur fut lui-même fi ébloüi des attraits de celle à qui il avoit confacré fon cœur, qu'il fe laiffa aller à la renverfe fur un Sofa, & penfa mourir de l'extrême plaifir qu'il reffentit en ce moment.

En effet la beauté de ces Dames étoit fi éclatante qu'elle ne pouvoit être comparée qu'à celle des Houris. *

Elles applaudirent fort Schems-Eddin, loüerent l'invention & la propreté avec laquelle il travailloit ; lui donnerent chacune une bourfe de cent pieces d'or, & le prierent de leur faire encore deux habits differens de ceux qu'il venoit de leur apporter. Ce jeune homme paffa dans le Salon aux

* Les Houris font des filles que Mahomet promet aux bons Muzulmans après leur mort. Elles doivent leur paroître toûjours Vierges, & être d'une bauté achevée.

étoffes, en choisit cinq pieces d'un
goût très-bizarre ; en fit deux autres habits les plus singuliers que
l'on eût encore vû, revint au bout
de huit jours avec les mêmes cérémonies, en reçut de plus grands
applaudissemens , deux cent pieces d'or , & l'ordre de choisir de
l'étoffe pour en faire encore d'autres. Enfin il y avoit déja sept semaines que ce commerce duroit ,
pendant lequel tems Schems-Eddin avoit fait quatorze habits, &
reçû autant de bourses d'or ; lorfque la paffion qu'il avoit conçûë
pour une de ces deux Dames fut fi
violente , que quelque diftance
qu'il parût y avoir d'elle à lui , il
réfolut de lui déclarer fon amour.
Après avoir examiné affez long-
tems comment il s'y prendroit, il
ne trouva point d'autre expédient
que de mettre une Lettre pour
elle dans la poche du premier ha-

-bit qu'il lui porteroit. Il exécuta
ce deſſein, & exprima ce qu'il ſentoit pour cette belle dans des termes ſi vifs & ſi ſoûmis, qu'il eſ-
pera que ſi elle n'acceptoit pas ſon
cœur, elle lui pardonneroit du
moins la témerité qu'il avoit de le
lui offrir.

La Lettre fit tout l'effet que
Schems-Eddin en pouvoit attendre ; loin de voir de la colere dans
les yeux de ſa Dame la premiere
fois qu'il parut devant elle, il y
lut quelque choſe de ſi doux pour
lui, qu'il eut toutes les peines du
monde à s'empêcher de ſe jetter à
ſes pieds. Il lui préſenta ſon habit ; elle ſortit pour aller l'eſſayer,
& le lui renvoyant un moment
après, elle lui fit dire qu'il la ſerroit
un peu trop.

Le jeune Tailleur qui ſçavoit
bien que l'habit étoit comme il
falloit, s'imagina que ce n'étoit

14 *Les mille & un quart-d'heure*,
qu'un prétexte pour lui faire réponse. Il tira ses cizeaux & son
éguille, & feignant de raccom-
moder ce qui y manquoit, il
foüilla dans la poche de cet habit,
il y trouva une Lettre qu'il prit
adroitement, & rendit ensuite
l'habit auquel il n'avoit nullement
touché; la Dame en fut très-con-
tente, & rentra dans le Salon.
On donna de nouveaux ordres
au jeune Tailleur, il fut recon-
duit à l'ordinaire; & si-tôt qu'il
fut rentré chez lui, il ouvrit précipitamment sa Lettre, dans laquelle il lut ce qui suit.

Je n'ai pû, aimable Schems-Ed-
din, être insensible à votre passion,
vous me la peignez avec des couleurs
si vives & si naturelles, que je croi-
rois offenser notre Grand Prophete, si
je la payois d'ingratitude. Je vous ai-
me, & je ne rougis point de vous l'a-

voüer; tout me plait en vous ; &
vous seriez bientôt heureux , s'il ne
tenoit qu'à moi de couronner votre
amour que je crois sincere & légitime ;
mais , chere lumiere de ma vie , que
cét aveu vous doit coûter de larmes ,
en apprenant que je suis renfermée
pour toûjours dans un lieu où tout ce
qui y respire est destiné pour les plaisirs
du Roi d'Astracan , & qu'il n'est pas
permis à l'Infortunée Zebd-El-Ca-
ton * d'esperer d'être un jour unie avec*
le tendre Schems-Eddin.

Si le jeune Tailleur ressentit
une joye infinie à la lecture de cette Lettre , elle fut mêlée d'une
douleur très-vive. Zebd El-Caton
étoit la plus belle personne qui fût
dans toute la Tartarie ; mais il n'é-
toit pas permis d'ignorer qu'elle
étoit la Favorite d'Alsaleh ** Roi

* Ce nom en Persan signifie la Fleur des Dame.

** Alsaleh signifie en Arabe , le bon Roi.

d'Aſtracan. Schems-Eddin avoit
trop de relation avec les Principaux de la Ville, pour n'avoir pas
oüi parler pluſieurs fois des charmes de cette belle perſonne, &
des rigueurs qu'elle avoit pour le
Roi. Comme ce Prince avoit plus
de ſoixante ans, & que Zebd-El-
Caton n'en avoit guere que dix-
ſept, elle n'avoit jamais pû s'ac-
coûtumer à des ſoupirs ſexagenai-
res, & le Roy d'Aſtracan qui l'aimoit avec une ardeur & une délicateſſe ſans égale, n'ayant pas
voulu ſe ſervir de l'autorité qu'il
avoit ſur ſon Eſclave, attendoit
patiemment que ſa complaiſance
aveugle lui gagnât le cœur de cette belle.

Schems-Eddin vit bien l'impoſ-
ſibilité qu'il y avoit d'enlever
Zebd-El-Caton à ſon Roi, il en
conçut un ſi violent déſeſpoir,
que quand la vieille Eſclave vint
pour

pour le conduire au Serail, elle le
trouva au lit avec une fiévre très-
confidérable. Elle alla promptement annoncer cette nouvelle aux
trois Dames. Elles en furent allar-
mées, & fans confidérer le péril
auquel elles s'expofoient, elles ga-
gnerent les Eunuques qui avoient
permis au jeune Tailleur de les
venir voir fi fouvent, & obtinrent
d'eux la liberté de fortir du Palais.

Schems-Eddin qui avoit réfolu de fe laiffer mourir, fut dans
le dernier étonnement de voir ces
Dames au chevet de fon lit. Il
s'efforçoit de leur témoigner fa reconnoiffance, lorfque la plus âgée
d'entre elles ayant levé fon voile
pour la premiere fois, lui adreffa
ainfi la parole : « Votre fanté
» nous eft fi précieufe, charmant
» Schems-Eddin, que nous hazar-
» dons notre vie pour juger par
» nous-mêmes, s'il n'y a pas moyen

» de fauver la vôtre : apprenez-
» nous de grace le fujet de votre
» maladie, peut-être y trouverons-
» nous quelque remede.

Le jeune Tailleur faifi de refpect, & touché de beautés de cette Dame, qu'un mouvement inconnu faifoit agir, fe leva à demi:
Ah ! Madame, reprit - il, d'une
voix languiffante, quelque incu-
rable que je cruffe mon mal, votre préfence & celle de ces Dames,
vient d'apporter dans mes playes
un baume falutaire. La douleur
feule m'alloit donner la mort ;
mais puifque vous avez la bonté
de vous intéreffer aux jours d'un
miferable, j'abandonne la réfolution cruelle que j'avois prife ; &
je compte avant qu'il foit fix jours
être en état de livrer à ces deux
Dames les habits qu'elles m'ont
commandés. Zebd-El-Caton at-
tendrie par l'amour extrême du

jeune Tailleur, lui ferra la main.
Si cela eſt poſſible ſans intéreſſer
votre ſanté, lui dit-elle, faites enſorte, mon cher Schems-Eddin,
de nous tenir parole ; vous ne ſau-
riez vous imaginer la joye que j'en
aurai en mon particulier.

Les Dames ſe leverent alors,
& accompagnées des Eunuques
qui les avoient conduites juſqu'à la
maiſon du Tailleur, elles retour-
nerent au Palais.

Schems-Eddin paſſa la nuit dans
un ſi grand excès de plaiſir, qu'il
fut en état dès le lendemain matin de travailler aux habits. Ils ſe
trouverent prêts au bout de ſix
jours comme il l'avoit promis,
& la vieille qui étoit venu très-
ſouvent s'informer de ſa ſanté,
l'ayant enfin remis entre les mains
des deux Noirs, ils le conduiſirent
au Salon, qui retentit à ſa vûë de
mille cris de joye.

Schems-Eddin préſenta ces habits aux Dames. Elles les viſite-
rent, & les trouverent d'un goût
ſi ſupérieur à ceux qu'il leur avoit
fait juſqu'alors, qu'elles en furent
charmées. Pour en relever encore la magnificence, elles ſe firent
apporter un petit coffre rempli de
Pierreries, & lui ordonnerent d'en
choiſir pour les attacher ſur ces
habits.

Le jeune Tailleur obéït à leurs
ordres, & relevoit avec une agra-
phe de diamans la manche de la
charmante Zebd-El-Caton, lorſque la porte du Salon ayant été
ouverte avec violence, un homme
ſur le viſage duquel la fureur
étoit peinte, vint à lui le ſabre à la
main. Schems-Eddin reconnut en
ce moment cet homme pour le
Roi d'Aſtracan : il crut bien que
ſa mort étoit certaine, mais ne
jugeant pas à propos d'attendre les

effets de la vengeance de ce Prince, ni d'abandonner à fa fureur les
trois Dames à qui il avoit tant
d'obligation, il fe faifit promptement d'un poignard garni de diamants, qui étoit dans le coffre aux
bijoux : & fans donner le tems au
Roi de le joindre, il lui lança ce
poignard avec tant d'adreffe, qu'il
lui fit une très-profonde bleffure,
dont il tomba par terre.

Alfaleh en cet état n'eut pas la
force de fe relever. Il appella du
fecours, & douze Eunuques noirs
étant entrés à fa voix, il leur ordonna de fe faifir de Schems-Eddin, ainfi que des trois Dames,
& des deux Efclaves noirs ; de les
dépoüiller jufqu'à la ceinture, &
de leur tailler le corps à coups de
fabre.

Pendant que l'on pofa le Roi
fur un Sofa, & que l'on alla chercher fon Chirurgien, les ordres

cruels qu'il venoit de donner furent en partie éxecutés. On avoit
déja dépoüillé tous les criminels,
& ils alloient subir ce dur Arrêt,
lorsque la plus âgée des trois Dames ayant par hazard jetté la vûë
sur le jeune Schems-Eddin, &
remarqué une grenade naturelle
qu'il avoit au-dessous de la mamelle droite. Ah ! Seigneur, dit-elle,
en se jettant aux pieds d'Alsaleh,
suspendez pour un moment, je
vous en conjure, votre juste colere. Je suis seule coupable. La malheureuse Sutchoumé votre fille,
Zebd-El-Caton, & le jeune homme sont innocens ; mais l'on ne
peut fuïr sa destinée, & quelque
précaution que vous ayez crû
prendre pour éviter la prédiction
de l'Astrologue, voilà cette prédiction accomplie par les routes
inévitables de la Providence.

Le Roi surpris de ce discours,

fit retirer ſes Eunuques, & après avoir ordonné aux Dames & au Tailleur de ſe couvrir, il commanda à celle qui venoit de porter la parole, de lui expliquer un Enigme dont le ſens lui étoit impénétrable. Cette Dame obéiſſant aux ordres du Roi, lui parla dans ces termes.

HISTOIRE

De la Sultanne Dugmé.

IL vous souviendra, Seigneur, que lorsqu'ayant le bonheur de vous plaire, vous consultâtes le fameux Abdelmelek sur ma grossesse. Cet Astrologue vous répondit que j'accoucherois d'un fils qui vous donneroit la mort, & qui seroit cause de la sienne, si l'on ne l'étouffoit en naissant. Comme Abdelmelek s'étoit toûjours trouvé vrai dans ses Prédictions, celle-là vous effraya ; & pour prévenir ce malheur, vous me fîtes garder à vûë. Je vous representai vainement le peu de fonds qu'il y avoit à faire sur une

science

fcience auffi incertaine que l'Af-
trologie, vous réfolûtes d'être préfent à mes couches, pour empêcher la fuppofition que j'aurois pû
faire. Mes larmes ne vous tou-
cherent pas ; vous fûtes inéxorable : Je ne pus vous détourner de
la cruelle réfolution de verfer
vous-même votre fang , & je penfai mourir de douleur & d'effroi ,
en vous voyant entrer avec Abdelmelek dans ma chambre, au moment que l'on vous affûra que
j'allois accoucher ; mais, Seigneur,
vous n'avez pas oublié que je paf-
fai de l'inquiétude la plus cruelle à
la joye la plus exceffive , quand au
lieu d'un garçon, je ne mis au monde que la malheureufe Sutchoumé : vous regardâtes en ce moment Abdelmelek avec indignation. Ignorant ou malin Aftrologue , lui dites-vous , les yeux en-
flammés de colere , je t'appren-

drai à te joüer ainſi de ton Roi.
Ta malice a penſé coûter la vie à
ma chere Dugmé ; mais je ſçaurai
bien-tôt punir un inſolent Sujet de
ſa témérité. Abdelmelek alors ,
pourſuivit la Sultanne, ſe jetta à
vos genoux : Seigneur, vous dit-
il, ne commencez pas par moi à
accomplir une prédiction qui ne
ſera que trop véritable : daignez
attendre encore un moment, vous
allez être éclairci que ma ſcience
n'eſt point fauſſe. . . . . Vous ne
donnâtes pas le tems à l'Aſtrologue d'achever ce qui lui reſtoit à
vous dire, vous lui abatîtes la tête d'un coup de ſabre , & vous
ſortîtes de ma chambre , après
avoir fait emporter la fille à qui je
venois de donner la naiſſance.

A peine, Seigneur, étiez-vous
rentré dans votre appartement ,
que je reſſentis de nouvelles dou-
leurs. La femme qui m'avoit ſe-

couru dans les premieres, s'approcha de moi. Elle s'apperçut que j'allois encore accoucher : elle fit fortir, fous différens prétextes, toutes les perfonnes qui étoient dans ma chambre, & je donnai un moment après la vie à un garçon beau comme le jour. La Nature qui n'avoit rien formé de fi parfait, ne put confentir que je vous le facrifiaffe : mes entrailles fe revolterent contre la cruauté dont je vous accufois dans l'ame, je remis mon fils avec des pierreries confidérables entre les mains de cette femme, & je la priai de lui aller chercher promptement une Nourrice hors d'Aftracan. Comme je n'étois plus obfervée, il fut aifé à cette femme d'emporter mon fils, & j'attendois avec impatience qu'elle vînt m'en dire des nouvelles, lorfque quatre jours s'étant paffés fans la

revoir, j'appris avec une extrême
douleur qu'elle avoit été aſſaſſi-
née à quelques lieuës d'Aſtracan.
On ne diſoit point qu'on eût trouvé d'enfant avec cette femme,
cela me raſſûroit un peu ; mais
quelque recherche ſecrette que
j'aye pû faire depuis ce tems, pour
découvrir ce qu'étoit devenu mon
fils, je n'en ai jamais ſçû rien apprendre, & je le comptois perdu
ſans retour, lorſqu'en ce moment,
Seigneur, je viens de le reconnoître dans ce jeune homme, à la
grenade qu'il a à l'eſtomac, ainſi
que Sutchoumé ſa ſœur jumelle.
C'eſt ſans doute la ſeule Nature,
continua Dugmé, qui agiſſoit en
moi, lorſque paſſant avec votre
Majeſté, il y a environ deux mois,
devant la boutique de Kourban,
je reſſentis tout d'un coup pour ce
jeune Tailleur une extrême tendreſſe qui n'avoit rien de crimi-

nel, & dont j'ignorois la cause se-
crette. C'est moi seule, Seigneur,
qui, sous prétexte de lui faire faire des habits pour ma fille, & pour
la belle Zebd-El-Caton, ai gagné
vos Eunuques pour l'introduire
dans le Palais : punissez donc en
moi seule l'instrument de tous vos
malheurs.

SUITE DE L'HISTOIRE

De Schems-Eddin.

LE Roi d'Astracan fut étrangement surpris de ce discours; quoique le cruel état où il se trouvoit, ne dût le faire songer qu'à la vengeance, il donna ordre qu'on fit promptement venir le Tailleur & sa femme, qui passoient pour pere & mere de Schems-Eddin. Pendant qu'on étoit allé les chercher, on pansa la playe qui venoit de lui être faite, & ce ne fut pas sans un violent désespoir que Schems-Eddin lut dans les yeux de celui qui mettoit le premier appareil, que ce Prince étoit en danger de la vie

Le Tailleur & fa femme arriverent enfin. Ils avoüerent que ce
jeune homme n'étoit pas leur fils,
qu'il leur avoit été apporté il y
avoit environ dix-huit ans, par
un Derviche folitaire, qui leur
avoit dit l'avoir trouvé tout nud
dans fa petite loge, en revenant
de pêcher à la ligne fur le fleuve
Volga, & que le bon homme
étoit mort fubitement trois mois
après, fans leur en avoir pû apprendre davantage.

Le jour auquel Schems-Eddin
avoit été porté chez Kourban, fe
trouva conforme à celui de la
naiffance de Sutchoumé, & la
grenade qu'il avoit ainfi que fa
fœur jumelle, achevant de faire
connoître au Roi qu'il étoit fon
fils, il le fit approcher, l'embraffa tendrement, & le fit couvrir
d'une robe magnifique.

Si d'un côté Schems-Eddin fe

fentoit flatter par fon illuftre naiffance , de l'autre fon ame étoit
remplie de la plus vive douleur.
Il fe jetta aux pieds d'Alfaleh :
Seigneur, lui dit-il en fondant en
larmes, j'attens la mort avec impatience ; je ne puis me regarder
fans horreur après ce que ma main
vient de commettre : purgez la
Nature d'un monftre tel que moi:
c'eft la feule grace que veüille jamais obtenir de vous un fils auffi
criminel que je le fuis. Non, non,
mon cher Schems-Eddin , reprit
le Roi en l'embraffant de nouveau, vous n'êtes point coupable
de ma mort, mais ce qui eft écrit
fur la Table de lumiere * , ne fe
peut éviter : Vivez, je vous l'ordonne , & faites promptement af-

* La plûpart des Orientaux croyent que tout ce
qui eft arrivé & arrivera jufqu'à la fin du monde,
eft écrit fur une Table de Lumiere avec une plu-
me de feu ; & ils appellent cette écriture la pré-
deftination inévitable.

fembler mes Vifirs & tous les Emirs d'Aftracan, je veux en leur préfence vous reconnoître pour mon fils & mon Succeffeur.

Schems - Eddin pénetré des bontés du Roi fon pere, embraf-foit fes genoux avec refpeɕ , & fe hâtoit peu d'exécuter fes ordres : mais la Sultanne Dugmé ayant fans perdre de tems fait porter fes Commandemens par les douze Efclaves noirs , la Chambre du Roi fut remplie un moment après des plus confiderables de fa Cour.

Ce Prince étoit étendu fur fon Sopha. L'Ange de la mort n'eft pas éloigné de moi, leur dit-il, & je fens que je vais bientôt dormir à l'ombre de la mifericorde du Tout - Puiffant. Voici , Vifirs , continua-t-il , d'une voix baffe : Voici votre Maître, en leur mon-trant le jeune Schems - Eddin : c'eft mon fils, & celui de la Sul-

tanne Dugmé , je vous ordonne
de le regarder comme votre Roi.

Les Visirs & les Emirs furent
très-surpris de la nouvelle de la
mort si prochaine d'Alsaleh. Ils
ignoroient pareillement qu'il eût
jamais eu de fils ; mais la Sultanne
leur ayant raconté en peu de mots
l'Histoire du jeune Tailleur , ils se
prosternerent tous la face contre
terre, & jurerent sur leurs têtes
de lui obéïr jusqu'à la mort.

A peine cette cérémonie fut-
elle achevée, que le Roi fit approcher de son Sopha la Sultanne
son épouse, Sutchoumé, & Zebd-
El-Caton : Ma chere Dugmé ,
dit il, à la premiere, je connois
parfaitement l'injustice que j'ai
rendu à vos charmes, en aimant
la belle Zebd-El-Caton, qui n'a
jamais payé mon amour que d'ingratitude ; vous ne méritiez pas
cette infidelité de ma part, & je

meurs avec un extrême regret
d'avoir rompu les fermens que je
vous avois fait tant de fois de n'ê-
tre jamais qu'à vous. Ah ! Seigneur, reprit Dugmé, en verfant
des larmes en abondance, quelque tendreffe que j'aye reffenti
pour votre Majefté, je n'ai jamais
prétendu la gêner dans fes plaifirs. Je vous ai aimé, Seigneur,
pour vous-même ; & vous ne
m'avez point vû regarder d'un
œil d'envie la nouvelle faveur de
Zebd-El-Caton ; quelque douleur
que je retentiffe de la perte de votre cœur, il fuffifoit que vous fuf-
fiez content pour que je ne mur-
muraffe pas contre vos volontés
Souveraines.

Le Roi fentit en ce dernier
moment redoubler fon amour
pour la Sultanne. Il l'embraffa
tendrement : je vais, ma chere
Dugmé, lui dit-il, vous prouver

la vérité de ce que je viens de vous
dire ; la charmante Zebd-El-Caton ne me touche plus : & pour
vous en donner une marque certaine , je la conjure de vouloir
bien, en votre préfence, donner la
main au Prince mon fils. Pour
Sutchoumé, le Vifir Ben-bukar.
.... Le Roi d'Aftracan ne put
achever d'expliquer fes volontés
fur ce qui regardoit fa fille. Il
mourut entre les bras de la Sultanne, en prononçant ces dernieres
paroles.

Il eft impoffible de repréfenter
le défefpoir de Schems-Eddin. On
eut toutes les peines imaginables à
l'empêcher d'attenter à fa vie. Sa
mere, fa fœur & Zebd-El-Caton,
ne le quitterent pas un moment ,
la derniere fur tout , délivrée d'un
Roi dont la tendreffe importune,
quoique refpectueufe, l'avoit fait
trembler plus d'une fois, fit tous

ſes efforts pour diſſiper la douleur de Schems-Eddin. Inſenſible à tous les honneurs qu'on lui rendit, il tomba dans une mélancolie ſi profonde, que l'on apprehenda tout pour ſes jours.

L'on ordonna des prieres publiques dans toutes les Moſquées d'Aſtracan. Elles appaiſerent un peu la colere du Grand Prophete contre le nouveau Roi. Il ſe trouva plus tranquille au bout de quelques mois: & après avoir récompenſé dignement le Tailleur & ſa femme de la tendreſſe qu'ils lui avoient toûjours témoignée, il maria Sutchoumé au Viſir Benbukar, comme il croyoit que l'avoit ſouhaitté le Roi ſon pere, & épouſa publiquement la charmante Zebd-El-Caton.

Ce Prince paſſa près de cinq mois avec ſa chere épouſe dans une félicité digne d'envie. Les

jours ne lui paroissoient que des
momens auprès d'elle ; mais ce
bonheur fut tout d'un coup interrompu par des rêves affreux qui
lui représentoient presque tou-
jours son pere sanglant. Zebd-El-
Caton tâchoit vainement par les
caresses les plus tendres, d'effacer
de l'esprit de son époux les noires
idées dont il étoit rempli. Il étoit
sans cesse agité des remords de son
parricide, & ne trouva point d'autres moyens pour le faire cesser,
que d'entreprendre le voyage de
la Meque.

Zebd-El-Caton ne voulant
point quitter le Roi, elle le pria
instamment de lui permettre d'ê-
tre du voyage, & Schems-Eddin
ne pouvant lui refuser cette satisfaction, il laissa le Visir Ben-bukar son beau-frere pour gouverner le Royaume en son absence,
lui recommanda fort sa mere & sa

sœur, & partit d'Astracan.

Après un voyage de très-long
cours, pendant lequel le Prince
& son épouse essuïerent mille fa-
tigues, ils arriverent enfin à la
Meque. * Schems-Eddin y fit sept
fois le tour du Temple ; & après
s'être fait purifier avec l'eau du
puits Zemzem, il alla sur le soir
au Mont Arafat, il y fit égorger
deux cens Moutons qu'il distribua
aux Pauvres. De-là il prit le chemin de Medine, il y fit ses dévo-

---

* La Meque Ville de l'Arabie heureuse à une
journée de la Mer rouge : c'est le lieu de la naissance de Mahomet. Il y a une Mosquée magnifique, très-fréquentée par les Turcs qui y abor-
dent par dévotion de toute part. On y voit un
puits appellé Zemzem, que l'on croit être celui
d'Abraham, dont l'eau est salée, & qu'ils s'ima-
ginent très salutaire pour expier les pechés les
plus énormes en s'y lavant. Ils vont ensuite sur
le Mont Arafat y sacrifier un, ou plusieurs Moutons qu'ils distribuent aux pauvres, & de là pas-
sent ordinairement à Medine, où est le Tombeau
de leur Prophete. Il n'y a que quatre journées de
la Meque à Medine.

tions dans la très-sainte Mosquée, & après y avoir laissé un présent de quarante mille pieces d'or, ainsi qu'il avoit fait à la Meque, il se joignit avec la Caravane, & prit la route du grand Caire, * où l'on arriva sans accident.

Schems-Eddin ne ressentoit plus les cruelles agitations qui interrompoient si souvent son sommeil. Il commençoit à joüir d'un bonheur tranquille, & se préparoit à prendre la route de son Royaume, lorsque la belle Zebd-El-Caton fut attaquée d'une fié-

* Le grand Caire est situé sur les confins de la haute & basse Egypte, & presqu'au milieu du Royaume, à deux mille pas ou environ du Nil. Le grand commerce qui s'y fait, y attire toutes sortes de Nations. C'est environ vers le mois d'Octobre que les Caravanes qui se font assemblées au Caire partent pour la Meque, & le nombre des Pelerins est quelquefois si grand, qu'il monte jusqu'à quarante mille. Il n'y a point de bons Muzulmans, qui une fois en sa vie ne fasse le Pelerinage de la Meque & de Medine, ou qui n'y envoye quelqu'un pour lui.

vre très-violente. Ce facheux contre-tems l'empêcha de partir avec
la Caravane, qui ne pouvoit differer son voyage ; mais ce Prince
eut bien-tôt lieu d'être justement
allarmé, quand le mal de sa chere
épouse redoubla à un point qu'il fit
apprehender pour sa vie. Cette
Princesse perdit toute connoissan-
ce : elle fut près de deux jours en
cet état, & ne reprit pour quelques momens l'usage de la parole,
que pour percer le cœur de
Schems-Eddin, de la douleur la
plus cruelle.

Je vais vous quitter, mon cher
époux, lui dit-elle en l'embrassant
avec une extrême tendresse, & je
conçois par avance toute l'horreur
d'une telle séparation, mais il faut
que vous vous consoliez de ma
perte : Vous êtes encore destiné
à de plus grandes afflictions : c'est
un avis que j'ai à vous donner de

la part du grand Prophete qui
m'eſt apparu il y a quelques heures. Il eſt bon, m'a-t'il dit, que les
Princes éprouvent quelque diſ-
grace ; la mauvaiſe fortune puri-
fie leur vertu, ils en ſçavent mieux
regner : Schems-Eddin connoîtra
bien-tôt cette vérité. Avertis-le
de ma part qu'il commence à s'y
préparer. Voilà, pourſuivit Zebd-
El-Caton en verſant des larmes en
abondance , voilà ce que j'ai à
vous annoncer : Servez-vous de
toute votre raiſon pour ne point
murmurer contre les ordres de la
Providence. Adieu , mon cher
Schems..... La Princeſſe n'eut
pas le tems d'achever, l'Ange qui
attendoit ſon ame , lui coupa la
parole.

Jamais déſeſpoir n'égala celui
du Roi d'Aſtracan. On ne pouvoit l'arracher d'auprès de ſon
épouſe. Il étoit inconſolable de ſa

perte, & ne trouva point d'autre
remede que de faire faire promptement un grand coffre de bois de
canelle découvert par le deſſus à
l'endroit ſeulement du viſage, d'y
enfermer le corps de Zebd-El-
Caton, de l'orner d'un grand
nombre de pierreries ; & avec ſon
eſcorte qui compoſoit près de cinq
cens hommes, de tâcher à rejoindre la Caravane, qui n'avoit que
quelques journées d'avance, dans
l'intention, ſi-tôt qu'il l'auroit
jointe, de faire embaumer le corps
de ſa chere épouſe.

Il n'y avoit pas deux jours que
ce Prince étoit en marche, lorſqu'il fut enveloppé par près de
deux mille Bedoüins. * Il fit une
réſiſtance inoüie, mais toute ſon

---

* Les Bedoüins ſont des voleurs Arabes, qui
s'aſſemblent en très-grand nombre ; & tâchent
de ſurprendre les Caravanes qu'ils pillent ordinairement.

escorte ayant été taillée en piece, sans en excepter aucun, il se trouva lui-même au nombre des morts.

Les Bedoüins après leur victoire, dépoüillerent leurs ennemis. Ils enleverent tout ce que le Prince & ses gens pouvoient posseder, & n'oublierent pas le Cercuëil orné de pierreries, dans lequel étoit enfermée Zebd-El-Caton.

Schems - Eddin qui s'étoit défendu comme un Lion, n'avoit pourtant reçû aucune blessure mortelle, & ce n'étoit pas tant la quantité de sang qu'il perdoit, que l'épuisement de ses forces qui l'avoient fait tomber au rang des morts. Lorsqu'il eut repris ses sens, il fut étonné de se trouver tout nud, & entouré des siens dont il n'y en avoit pas un qui ne fût privé de la vie : quel triste spectacle pour ce Prince! il se leva du mieux

qu'il lui fut possible , & quelque
foible qu'il fût, n'oubliant point
sa chere épouse , il parcourut tous
les environs du lieu où s'étoit donné le combat , pour voir si les Voleurs après avoir détaché les Pierreries n'auroient point abandonne le coffre où étoit le corps de
Zebd-El-Caton. Ses récherches
furent inutiles : il en pensa mourir de défespoir ; mais quittant à la
fin un lieu si funeste pour lui ,
après avoir marché environ une
heure sans sçavoir où il alloit, il arriva près d'un petit Village, à l'entrée duquel il trouva un Iman. *
Cet homme fut d'abord effrayé
de voir le Prince tout nud & couvert de sang , mais Schems-Eddin
sans se faire connoître , lui ayant
conté qu'il s'étoit sauvé seul de la

* Les Imans sont ceux qui déservent les Mos-
quées dans tout l'Orient : leurs fonctions sont à
peu-près pareilles à celles de nos Curez.

cruauté des Bedoüins, l'Iman en
eut pitié, l'emmena chez lui, le fit
panſer de ſes bleſſures, & lui ayant
enſuite donné quelques pieces
d'argent, ce Prince s'en ſervit pour
reprendre la route de ſon Royaume.

Après un long & pénible voyage que Schems-Eddin fit en partie
ſeul, & en partie avec quelques
petites Caravanes qui l'aſſiſtoient
dans ſes beſoins, il arriva enfin
dans une vaſte campagne qui étoit
à une demie lieuë d'Aſtracan. Il y
apperçut un neveu du Viſir ſon
beau-frere, avec une ſuite aſſez
nombreuſe ; & courant à lui les
bras ouverts : Reconnois, lui dit-
il, mon cher Zemin, reconnois
le triſte Schems-Eddin accablé
des malheurs les plus cruels, &
qui depuis près de trois ans a été
expoſé à une miſere, dont le ſeûl
recit te feroit horreur. Zemin fut

furpris à la vûë de fon Roy ; quoique la fatigue du voyage, les maux
qu'il avoit fouffert, & les mauvais
habits dont il étoit couvert le
changeaffent entierement, il ne
put le méconnoître. Il fe profterna devant lui avec toutes les apparences d'un refpect fincere ; &
fe dépoüillant de fa robbe, il en
couvrit le Prince, & le conduifit
au Palais, par les ruës les plus dé-
tournées. Mais quel fut l'étonnement de Schems-Eddin en y entrant, de fe voir chargé de chaînes
par le même Zemin qui venoit de
le combler d'honneur. Il apprit
alors avec une douleur fans égale,
que le cruel Ben-bukar fon beau-
frere, après avoir lui-même étran-
glé fa femme & la Sultanne Dugmé, s'étoit emparé du Royaume,
avoit fait maffacrer tous fes fideles fujets, & ceux qui avoient voulu s'oppofer à fon élevation, &

qu'il devoit lui-même se préparer
bien-tôt à un pareil sort.

Schems-Eddin devint immobi-
le à cette nouvelle. Il se livra d'a-
bord à la fureur ; mais rappellant
bien-tôt les dernieres paroles de
Zebd-El-Caton , il se résigna dans
le moment même aux volontés du
Tout-puissant. Dieu est grand,
dit-il, il est juste , je ne suis pas encore assez puni de mes crimes ;
mais qu'avoient fait ma mere &
ma sœur ; pour éprouver un sort
si tragique ; j'espere que leur mort
ne sera pas long-tems impunie.

Le Prince n'avoit pas achevé
ces mots , que l'Usurpateur suivi
de quatre Boureaux , entra-dans
le Salon où étoit Schems-Eddin :
sa présence l'épouvanta : Ah ! barbare Visir, lui cria-t'il, du plus
loin qu'il le vit, viens-tu couronner ton crime ; le sang de ta
femme & de ma mere, qui s'éleve
déja,

déja affez contre toi , ne peut-il
affouvir ta rage : Voilà ma tête,
frappe, mais fonge qu'un jour devant le Tribunal du grand Dieu,
je te reprocherai l'énormité de
tes actions ; & que lorfque les
Anges lui rendront témoignage
de la verité, toute cette Puiffance, fous qui tremblent & gemif-
fent mes Sujets, n'empêchera pas
alors que tu ne fois condamné &
feverement puni de ton execrable
parricide.

Ces vifs reproches étonnerent
l'Ufurpateur ; il n'eut pas la force
en ce moment d'ordonner la mort
de fon Roi légitime ; fes menaces
l'épouvanterent ; il crut déja voir
la main de Dieu levée fur fa tête ;
il fe contenta feulement pour mettre Schems-Eddin hors d'état de
remonter jamais fur le Trône, de
lui faire paffer plufieurs fois devant les yeux un fer ardent qui

le priva de la vûë, & le fit enfuite conduire dans une profonde prifon.

Il n'y avoit point de jours que le Roi d'Aftracan, quoiqu'accablé de maux, & livré à la plus amere affliction, ne refpectât les ordres de la Providence, & ne remerciât Dieu de l'avoir puni fi doucement de fes crimes; mais une nuit que la douleur avoit pour quelques momens fait place au fommeil, il crut voir en rêve le grand Prophete qui tenoit par la main Zebd-El-Caton, l'affûroit du changement de fon Etat, & lui promettoit un jour un bonheur parfait avec fon Epoufe.

Schems-Eddin fe reveilla en furfaut, ce rêve lui parut fi extraordinaire, & avoir fi peu de fondement, qu'il n'y fit prefque aucune attention : il ne fit même que donner de nouvelles forces à

sa douleur ; mais il ne fut pourtant pas long-temps sans éprouver l'effet d'une partie de cette
prédiction.

Un matin que prosterné contre
terre, ce Prince faisoit sa priere,
il entendit ouvrir avec un grand
bruit les portes de sa prison : Comme il s'imagina qu'on venoit lui
donner la mort, il ne changea
point de posture, & attendoit le
coup avec intrépidité, lorsque
deux de ses anciens Visirs, dont
le zele & la vertu lui étoient connuë, se jetterent à ses pieds : Seigneur, lui dit l'un d'eux, en les
lui embrassant, reconnoissez la
voix de Mutamhid & de Cuberghé vos fideles Esclaves ; l'ingrat
Visir que vous aviez comblé de
vos bienfaits, vient avec le traître
Zemin, d'expirer sous nos coups ;
le Peuple las de ses cruautés en
témoigne une joye extrême : il

ignoroit votre retour que nous
avons pris foin de lui apprendre,
n'ayant feints d'être du parti de
Ben-bukar, que pour être plus
en état un jour de le faire tomber
du Trône qu'il avoit fi lâchement
& fi cruellement ufurpé : Venez
donc, Seigneur, y remonter,
puifque tous vos Sujets redeman-
dent leur Roi légitime avec un
empreffement extrême.

Schems-Eddin en ce moment
loïia Dieu, & remercia les Vifirs
de leur zele : Comment voulez-
vous, fages amis, leur dit-il, que
je remonte fur le Trône, un malheureux Prince, tel que je fuis,
eft-il en état de vous comman-
der ? Non, non, Vifirs, choififfez
parmi vous un homme qui en foit
plus capable, & laiffez-moi gemir
en fecret de tous mes maux. Ah !
Seigneur, repliqua Mutamhid,
le mépris que vous avez pour la

Grandeur, eſt une vraie marque
que perſonne n'eſt plus digne que
vous de regner : Nous vous con-
jurons de ne vous point refuſer à
nos vœux ; nous ſommes prêts à
ſacrifier & nos biens & nos vies
pour vous maintenir ſur un Trône
que vous avez déja rempli ſi dignement.

Le Roi d'Aſtracan attendri par
ces paroles pleines d'affection, ſe
remit entre les mains de ſes deux
Viſirs : ils le conduiſirent aux
bains du Palais , & après l'avoir
revêtu d'un habit magnifique, ils
le préſenterent au Peuple , qui
témoigna par mille cris de joye
l'impatience qu'il avoit eu de le
voir remonter ſur le Trône de ſes
Ancêtres.

Quelque plaiſir que Schems-
Eddin reſſentît de connoître l'a-
mour que ſes Sujets avoient pour
lui , il pleuroit toûjours en ſecret

la perte de fa chere Zebd-El-Caton, & la privation de fa vûë. En-
vain les plus habiles Medecins &
Chirurgiens d'Aftracan effaye-
rent fur lui leurs remedes, ils affurerent à la fin qu'il n'y avoit aucune efperance que ce Prince pût
jamais voir la lumiere du Soleil;
il y en eut un feul nommé Abubeker, qui dit au Roi qu'il fe fou-
venoit d'avoir lû autrefois dans
un vieux Manufcrit Arabe, qu'il
y avoit dans l'Ifle de Serendib *
un Oifeau qui pourroit bien lui
rendre la vûë; mais qu'outre les

---

* L'Ifle de Serendib, felon les Geographes
modernes, n'eft autre chofe que l'Ifle de Ceylan
dans la Mer des Indes, vers le Cap de Comory,
en deça du Golphe de Bengala & de la Ligne,
dans le premier climat. Les jours & les nuits y
font toûjours de douze heures; la Ville Capitale
eft fituée à l'extrémité d'une belle Vallée, formée
par une montagne qui eft au milieu de l'Ifle de
Serendib, appellée le Pic d'Adam, parce qu'on
prétend que le premier homme a été créé deffus,
& eft enterré deffous. Cette montagne paffe pour
être la plus haute des Indes.

difficultés qu'il y avoit de le trouver & d'en approcher, il ne voudroit pas garantir ce secret infaillible. L'Oiseau, continua le Medecin, est sur le faîte d'un arbre
extrêmement haut, dont toutes
les feüilles sont dures comme du
fer, & aussi coupantes que des
razoirs: il faut, Seigneur, qu'une
femme pour rendre la vûë à son
mari aveugle, entreprenne de
monter de branche en branche
sur cet arbre; si sa tendresse pour
son époux n'a jamais ressenti d'al-
tération, les feüilles s'amolliront
entre ses mains, elle parviendra
aisément au sommet de l'arbre,
& puisera dans un vase d'or, qui
est pendu au col de l'Oiseau, une
liqueur blanche comme du lait,
& qui distile perpetuellement de
son bec. Cette liqueur, suivant
le Manuscrit Arabe, est souve-
raine pour rendre la vûë à ceux

qui en ont été privés par quelque
accident que ce puisse être, & pour
la donner même aux aveugles nés.
'Après avoir puisé cette liqueur
divine, elle descendra de l'arbre
auffi facilement qu'elle y aura
monté ; mais si la femme qui
ose entreprendre d'aller recüeillir
cette eau falutaire, a jamais eû la
moindre penfée contraire à la pureté du mariage, ou qu'elle ait
ceffé un feul moment d'avoir pour
fon mari un amour extrême, elle
ne doit attendre de fa témeraire
entreprife qu'une mort certaine ;
les feüilles à la verité s'amolliront
pour la laiffer monter jufqu'au
haut de l'arbre ; mais quand elle
en voudra defcendre, elles re-
prendront alors leur tranchant,
& cette femme en tombant de
branche en branche, fera hachée
en mille morceaux : Je croi au
refte, Seigneur, pourfuivit Abu-

beker, que cet arbre, s'il exifte, eft encore vierge, & qu'aucune femme jufqu'à préfent ne s'eft préfentée pour recüeillir une eau dont l'acquifition eft fi difficile & fi périlleufe.

Schems-Eddin écouta cette Hiftoire avec admiration : Il n'eft pas impoffible, dit-il, qu'il fe trouve dans cette Ville une femme de ce caractere, quoiqu'elle foit rare; il faut effayer fi nous ne pourrions pas découvrir un tréfor pareil.

On fit venir par ordre du Roi les femmes de tous les aveugles d'Aftracan, fans en excepter une feule; Abubeker en fa préfence, leur expofa dequoi il s'agiffoit, & Schems-Eddin promit une récompenfe fans bornes à celle qui pouvoit contribuer à lui rendre la vûë. Il n'y en eut pas une qui voulût s'expofer à monter fur

l'arbre ; les conditions en étoient
un peu délicates, & la mort trop
certaine : elle refuserent toutes
une épreuve si terrible.

Les autres Medecins d'Astracan
plaisanterent fort entr'eux sur la
crédulité du Roi : Ce nouveau
genre de remede, dirent-ils, est
une fable de l'invention d'Abubeker qui veut faire l'homme sça-
vant, il donne dans le merveilleux, & se distingue toûjours de
nous par quelque opinion nouvelle & particuliere.

Ces discours revinrent à Abubeker ; il en fut piqué au vif : Sera t'il dit que le zéle que j'ai pour
la santé du Roi, sera tourné en ridicule, dit-il à sa femme & à son
fils : hé bien je veux entreprendre
le voyage de Serendib, pour voir
si le Manuscrit accuse juste ; si je
ne réüssis pas dans mon entreprise
avec autant d'ardeur que j'en ai,

j'aurai eû du moins la confolation
d'avoir plus fait pour mon Prince,
que tous les autres Medecins d'Aſtracan enſemble.

Rien ne put détourner Abubeker de ſa réfolution ; la lon-
gueur du voyage, & les difficultés ne l'effrayerent pas, il ſe préſenta le lendemain devant le Roi,
& lui expoſa ſon deſſein.

Ce Prince loüa fort une entrepriſe auffi grande ; il lui fit donner tout ce qui lui étoit neceffaire
pour un voyage de ſi long cours,
lui promit en cas qu'il mourût en
chemin, d'avoir un ſoin extrême
de ſa femme & d'un fils unique
qu'il aimoit tendrement : Seigneur, dit le Medecin, en prenant
congé de Schems-Eddin, ſi je ne
ſuis pas de retour avant trois ans,
ſoyez perſuadé que la mort ou
quelque accident étrange, que je
ne puis prévoir, ſe feront oppoſés

au défir que j'ai de vous redonner
la vûë ; mais une certaine confiance que j'ai au Manuscrit Arabe, me fait efperer que mon voyage ne fera point infructueux. Enfin Abubeker partit pour Serendib , & ce ne fut pas fans une
très-grande jaloufie des Medecins
d'Aftracan, de voir le Roi fi prévenu en fa faveur.

Schems-Eddin à la fleur de fon
âge, & tout aveugle qu'il étoit ,
gouvernoit fes Sujets avec une
prudence admirable : Recüeilli
dans l'interieur de fon Palais, il
méditoit fans ceffe les moyens de
les rendre heureux, & s'étoit fait
une loy indifpenfable jufqu'au
retour du Medecin Abubeker,
de ne paroître tous les jours en
public qu'une heure, qu'il divifoit
en quatre parties prefque égales.
Pendant la premiere il alloit à la
grande Mofquée d'Aftracan faire

publiquement fa priere ; la fecon-
de, la troifiéme & quelquefois
même une partie de la quatriéme,
étoient deftinées à faire des libe-
ralités aux pauvres, & à recevoir
de bouche, ou par écrit, les plaintes que les particuliers pouvoient
faire contre les Officiers publics :
il chargeoit enfuite les deux Vifirs
Mutamhid & Cuberghé, fur lefquels il fe repofoit de la plus
grande partie de fes affaires, de
les punir ou de les dépofleder s'ils
le méritoient, & rendoit la juftice
à tout le monde avec tant d'équité
& de pénétration, que fes Juge-
mens paffoient pour autant d'O-
racles.

A l'égard de ce qui reftoit du
dernier quart-d'heure, il étoit
donné à l'entretien des gens fça-
vans ; c'étoit le feul plaifir que ce
Prince prenoit dans toute la journée ; & fuivant qu'il trouvoit d'a-

grément dans leur converſation,
il leur donnoit des marques de ſa
liberalité.

La gloire de divertir le Roi qui
paroiſſoit preſque toûjours plongé
dans une profonde mélancolie,
plûtôt qu'aucune vûë d'intcrêt,
animoit ſes Sujets à lui chercher
des perſonnes qui puſſent diſſiper
ſa douleur en lui racontant des
Hiſtoires extraordinaires. S'il arrivoit à Aſtracan un Voyageur
fameux, on le conduiſoit d'abord
à Schems - Eddin, & lorſque les
habitans même de cette Ville ſça-
voient quelques avantures ſingulieres, il ſe faiſoient auſſi-tôt pré-
ſenter à lcur Prince, pour avoir le
plaiſir de contribuer à ſes plaiſirs.

Il y avoit déja plus de deux ans
qu'Abubeker étoit parti pour
l'Iſle de Serendib, & que le Roi
obſervant exactement la regle
qu'il s'étoit lui-même preſcrite,

ne manquoit jamais tous les jours
de donner quelques momens à ces
amufemens d'efprit , lorfque les
deux Vifirs favoris, s'entretenant
enfemble fur le motif du voyage
d'Abubeker: fi ce Medecin n'étoit
qu'un fourbe , difoit l'un d'eux,
ou qu'il ne revînt point à Aftracan, nous ne laifferions pas d'être
fort embaraffés à produire au Roi
des fujets dignes de l'entretenir:
c'eft à nous à qui il a commis ce
foin : & quoiqu'un quart d'heure
foit bientôt paffé , comme il faut
recommencer tous les jours, j'ap-
prehenderois qu'à la fin nous ne
puffions plus lui trouver rien de
nouveau. Cela feroit très-chagri-
nant , repliqua l'autre Vifir, le
Roi s'eft fait une douce habitude
d'entendre tous les jours quelque
hiftoire ; c'eft , pour ainfi dire,
l'unique agrément qu'il ait dans
la vie: car de la maniere dont ce

sage Prince se gouverne, il ne
joüit du plaisir de regner, que
pour travailler sans relâche au
bonheur de ses Sujets.

Un des Medecins d'Astracan
étoit present à cette conversation:
il crut que c'étoit une belle occasion de satisfaire l'envie que tous
ses confreres & lui avoient contre
Abubeker: Seigneur, dit-il aux
Visirs, tous les gens sages pensent
comme vous, & vous tomberez
infailliblement dans l'inconve-
nient que vous apprehendez. Je
n'y sçache qu'un seul remede; le
fils d'Abubeker se mocquant de
l'embarras où il ne doute pas que
vous ne soyez bientôt, se vanta
hier en ma presence que lui seul
suffiroit, s'il l'avoit entrepris,
pour entretenir le Roy jusqu'au
retour de son pere: il est vrai que
ce jeune homme est d'un grand
merite, que depuis l'âge de dix
ans

ans il a lû avec une extrême ap-
plication tout ce qu'il y a de
Livres curieux ; mais malgré la
prodigieuſe memoire dont on dit
qu'il eſt doüé, je doute fort qu'il
vienne à bout d'une entrepriſe
auſſi difficile.

Cuberghé ne fit que rire de la
préſomption du fils d'Abubeker,
mais Mutamhid entrant dans une
colere extrême : Il ſied bien, dit-
il, à ce jeune inſolent de plaiſan-
ter auſſi mal à propos : hé bien,
puiſqu'il le prend ſur ce ton, je
prétens lui faire tenir ſa parole ;
& ſa tête me répondra d'une entrepriſe dont ſa vanité fait tant de
parade.

Il ordonna alors qu'on allât chercher Ben-Eridoün (e'eſt ainſi que
s'appelloit le fils d'Abubeker.) Ce
Medecin m'aſſûre, lui dit-il, ſi-tôt
qu'il fut arrivé, que tu as la hardieſſe de faire des railleries ſur

l'embarras où nous pourrons nous
trouver un jour Cuberghé & moi;
de fournir au Roi de nouveaux
sujets de recréation, & que tu te
vantes de suffire seul à l'entretenir
jusqu'au retour de ton pere; puisque tu es assez téméraire pour tenir de pareils discours, je t'ordonne de prendre ce soin, continua
Mutamhid, avec une voix capable
de faire trembler Ben-Eridoün:
Je ferai present à toutes ces con-
versations; mais je t'avertis que
si le Prince ennuyé de ton entretien, m'ordonne de lui en amener
un autre que toi, je te ferai sur le
champ couper la tête.

Ben-Eridoün fut étrangement
surpris de cet ordre. Il vit tant de
colere dans les yeux du Visir, qu'il
n'osa pas nier qu'il eût jamais eu
cette vanité. Il se fia même sur sa
lecture & sur l'heureuse memoire
que la Nature lui avoit donné, &

se jettant aux pieds de Mu amhid:
Seigneur, lui dit-il, quelque chose que je pusse dire pour ma justi-
fication, l'honneur d'entreténir le
Roi m'est assez précieux, pour que
je ne refuse pas d'obéïr à vos ordres souverains : dût-il m'en coûter la vie, je suis prêt à paroître
devant le Trône de Schems-
Eddin.

Le perfide Medecin qui étoit
resté avec les Visirs pour être témoin de ce qui se passeroit, fut
un peu étonné de la réponse de
Ben-Eridoün : il ne douta cependant pas de sa perte. Un jeune
homme de vingt-cinq ans au plus,
dit-il en soi-même, ne peut avoir
acquis assez de fond pour réüssir
dans ce que celui-ci entreprend.
Il courut promptement en avertir
ses Confreres, qui en ressentirent
tous une maligne joye, & qui goû-
terent par avance le plaisir de se

voir vangés d'Abubeker en la
perfonne de fon fils.

Le Vifir Mutamhid voyant la
foûmiffion & la modeftie de Ben-
Eridoün, rentra un peu en lui-
même : Si ta mort eft fûre, lui
dit-il, en cas que tu ne me tienne
pas parole, la récompenfe eft de
l'autre côté très-certaine, fi tu
réüffis dans tes deffeins. Chaque
fois que tu fortiras d'avec le Roi,
je te ferai compter cent pieces
d'or ; je veux que tu manges à ma
table ; que tu fois fervi comme
moi, & il n'y aura aucune difference entre nous deux, finon que tu
feras gardé à vûë. Seigneur, repliqua Ben-Eridoün, ce ne fera jamais l'efpoir de la récompenfe, ni
vos promeffes magnifiques qui me
feront faire mon devoir : la Philo-
fophie dont je fais profeffion m'a
appris à méprifer les richeffes.
L'honneur & la gloire font les

seuls motifs qui me font agir : &
si ce que vous me demandez aujourd'hui étoit contraire à ce qu'ils
m'ordonnent , vous me verriez
courir à la mort la plus cruelle
plûtôt que de vous obéïr ; mais
comme il n'y a que de l'honneur
dans ce que vous exigez de moi,
vous pouvez , quand il vous plaira,
me mettre à l'essai , je tâcherai de
confondre l'artifice de mes ennemis , & j'espere que mon Prince
sera content de moi.

Mutamhid fut charmé du sage
discours de Ben-Eridoün, il con-
nut bien en ce moment toute la
malice du vieux Medecin , & que
ce jeune homme étoit innocent de
ce dont il l'accusoit ; mais comme
il s'offroit, pour ainsi dire lui-même , à travailler pour le divertis-
sement de son Prince, il le lui presenta le lendemain.

Ben-Eridoün ne fut pas plûtôt

devant le Trône de Schems-Eddin
qu'il se prosterna la face contre
terre : il se releva ensuite, & adressant la parole au Roi : » Que la mi-
» sericorde du Tout-Puissant se dé-
» ploye sur votre Majesté, lui dit-
» il : que l'Ange qui vous presen-
» tera un jour devant son Trône,
» n'oublie pas une seule de vos
» bonnes actions, & puissiez-vous
» joüir à jamais de la felicité par-
» faite que notre grand Prophete
» promet à ceux qui suivent exac-
» tement ses loix. » On me nomme
Ben - Eridoüin , fils d'Abubeker ,
qui depuis deux ans, ou environ,
est parti pour l'Isle de Serendib ;
que le Ciel le renvoye bientôt en
ces lieux , avec le divin remede
qu'il est allé chercher pour vous
rendre la vûë. Jusqu'à ce moment
j'ai entrepris, Seigneur, d'entretenir votre Majesté tous les jours
pendant le peu de tems qu'elle

prend pour se délasser l'esprit.

Songe-tu bien à quoi tu t'obliges, lui répondit le Roi d'Astracan, un peu étonné de ses promesses : Sçais-tu qu'une telle entreprise est au-dessus de tes forces, & que ton pere ne reviendra peut-être d'un an ? Seigneur, repliqua le jeune Ben-Eridoün, quelque difficulté qu'il y ait d'occuper dignement mon Roi, je sçai un si grand nombre d'Histoires plus curieuses les unes que les autres, que quand même mon pere mettroit à son voyage une fois autant de tems qu'il en a demandé, je ne desespererois pas de tenir la parole que j'ai donné au Visir Mutamhid : & si votre Majesté veut bien agréer que j'aye cet honneur, je commencerai par une Histoire assez singuliere.

Schems-Eddin fut encore plus surpris qu'auparavant ; il faut lui dit-il, que tu sois un homme rare

dans ton espece, les difficultés ne
te rebutent pas. Au contraire, Sei-
neur, elles m'animent, répondit
Ben-Eridoün, j'ai la mémoire si
heureuse, que je n'ai jamais rien
oublié de ce que j'ai lû, ou de ce
que j'ai entendu dire ; & comme
je me suis fait un plaisir d'avoir
des liaisons avec les plus vieux,
& les plus sages d'Astracan, dont
la plus grande partie sont morts,
je suis si rempli d'évenemens differens, & de toute sorte de nature, que sans vouloir me vanter,
j'ose assûrer votre Majesté qu'il y
a peu d'homme dans cette Ville
qui me ressemble. C'est de quoi je
vais juger, repliqua le Roi, mets-
toi sur ce Sopha à côté de Mutamhid, & raconte l'Histoire dont tu
viens de me parler.

Ben-Eridoün obéît aux ordres
de Schems-Eddin. Il s'assit sur le
Sopha, & commença de cette
maniere.   PREMIER

PREMIER QUART-D'HEURE.

HISTOIRE.

De Cheref-Eddin, fils du Roi d'Ormus, & de Gul-hindy Princesse de Tuluphan.

IL y avoit anciennement, Seigneur, dans la grande Tartarie deux especes differentes de Génies, les uns portés à faire du bien aux hommes, reconnoissoient le grand Geoncha * pour leur Roi ; & les autres uniquement occupés du plaisir d'exercer leurs inclina-

---

* Geoncha en Persan, veut dire le Roi du Monde.

tions malfaifantes, n'avoient point
d'autre maître que le malin Zéloulou.

Ces deux Chefs de Génies depuis près de trois cens ans, fe fai-
foient une guerre continuelle.
Geoncha ne protegeoit perfonne,
que Zéloulou ne s'attachât auffitôt à le perfécuter ; & Zéloulou ne
faifoit aucune mauvaife action fur
la terre, que Geoncha ne fît fes
efforts pour la réparer fur le
champ.

Un jour que ces deux Génies
étoient fur les bords de la riviere
de Salgora * pour tâcher à terminer leurs differends. Mochzadin
Roi de Tuluphan, & la belle Riza fon époufe, qui revenoient enfemble de la chaffe aux Chevreüils
pafferent par l'endroit où étoient
les deux Génies.

* La Riviere de Salgora paffe auprès de Tuluphan, Ville de la grande Tartarie.

A. Nucaille f.

Zéloulu toûjours attentif à mal faire, ne voulut pas laisser échapper une occasion aussi favorable de se donner du plaisir ; malgré les prieres de Geoncha, ce malicieux Génie s'approchant de Riza, qui étoit à côté de Mochzadin, fit tout d'un coup un si grand bruit dans l'oreille de son cheval, que cet animal épouvanté emporta la Princesse, quelques efforts qu'elle fît pour le retenir, & l'alloit précipiter dans la Riviere qui étoit très-profonde en cet endroit, si d'un seul coup de sabre, qui partoit d'une main puissante, Geoncha accourant à son secours, n'eût abattu la tête du cheval, & retenu entre ses bras la Princesse qui s'étoit évanoüie de frayeur : le secourable Génie lui ayant alors fait sentir un bouquet de roses muscades, qu'il avoit à la main, elle reprit non seulement l'usage

des fens, mais fes habits de vert
qu'ils étoient fe trouverent de couleur de rofe, & fans que fes traits
fuffent changés, fa beauté augmenta à un point que le Roi même, qui juftement allarmé du péril
de fon époufe, l'avoit fuivi avec
une extrême vîteffe, eut peine à la
reconnoître. Il étoit ainfi que toute fa fuite dans un étonnement difficile à imaginer. La mort extraordinaire du cheval de Riza, fon
habit couleur de rofe, & fon excellente beauté, tout cela fait en
fi peu de tems, fans qu'on eût vû
l'Auteur de tant de merveilles;
(car les Génies ne s'étoient pas
rendus vifibles) tout cela, dis-je,
faifoit que le Roi & la Reine dou-
toient prefque encore d'une verité dont leurs yeux ne pouvoient
difconvenir.

A près être rentrés dans Tuluphan, & s'être retirés feuls dans

leur chambre, ils s'entretenoient encore avec admiration du prodige qui venoit d'arriver, lorfqu'ils furent faifis de frayeur & de refpect à la vûe d'un vieillard vénérable qui parut tout d'un coup auprès d'eux, fans qu'ils euffent vû par quel endroit il pouvoit être entré : Raffurez-vous mes enfans, leur dit-il avec douceur, je fuis Geoncha Roi des Génies ; c'eft moi qui après avoir préfervé la charmante Riza du péril dans lequel Zéloulou (qui s'eft rendu fameux fur la terre par mille traits de malice) l'avoit jetté en épouvantant fon cheval : c'eft moi, continua-t-il, qui ai voulu qu'il n'y eût perfonne de fon fexe qui la furpaffât en beauté ; mais je ne borne pas mes bienfaits à fi peu de chofe ; je prétens faire encore ceffer la fterilité de cette Princeffe. D'aujourd'hui en neuf mois elle

donnera le jour à une fille auffi
belle que fa mere.

Le Roi des Génies, pourfuivit
Ben-Eridoün, n'eut pas fi-tôt dit
ces paroles qu'il difparut, laiffant
le Roi & la Reine de Tuluphan
comblés de joye par une fi flatteu-
fe efperance. Quelques incrédu-
les qu'ils euffent été, ils cefferent
bientôt de l'être ; Riza qui depuis
fept ans de mariage avoit été privée du doux plaifir d'être mere,
s'apperçut bientôt de l'effet des
promeffes de Geoncha. Au bout
des neuf mois jufte, elle accoucha
d'une fille d'une beauté achevée,
qu'elle nomma Gul-hindy. *

Cette petite Princeffe n'eut pas
plûtôt joüi de la lumiere, que le
même Génie fe fit voir dans la
chambre où étoient Riza & Mochzadin. Je viens avec un plaifir

* Gul-Hindy, en Arabe, fignifie Rofe muf-
cade.

extrême, dit-il , donner la derniere main à un si bel ouvrage, &
vous annoncer le sort qui lui est
préparé : J'assistai hier à la naissance d'un fils du Roy d'Ormus ,
que je nommai Cheref-Eldin. Je
trouve tant de ressemblance & de
sympathie entre lui & cette aimable Princesse, que j'ai résolu de les
unir un jour par les nœuds les plus
saints : mais je prévois que le bonheur dont ils doivent joüir sera
traversé par une amertume cruelle, qui mettra Gul-Hindy à deux
doigts de la mort, s'ils se connoissent avant qu'ils ayent atteints l'â-
ge de dix-sept ans. C'est à vous ,
Seigneur, continua le Génie, en
s'adressant à Mochzadin , d'empêcher que la Princesse voye aucun Etranger jusqu'à ce qu'elle
ait passé le moment fatal que les
Astres m'ont marqué lui être si
contraire. Voilà le seul remede

que j'y trouve, fi vous n'aimez
mieux la remettre entre mes
mains, auquel cas je vous la ga-
renti exempte de tous les caprices
de la Fortune.

Mochzadin & Riza furent furpris du difcours de Geoncha,
quelque foi qu'ils ajoûtaffent à fa
prédiction, ils ne purent confentir à fe priver d'un enfant qu'ils
avoient fouhaitté depuis tant d'années. Ils prierent le Génie avec
beaucoup de politeffe, de ne point
trouver mauvais qu'ils gardaffent
auprès d'eux la petite Gul-Hindy, & l'affurerent qu'ils en auroient un fi grand foin, qu'elle feroit en toute fûreté du côté du
Prince Cheref-Eldin. A la bonne heure, répondit le Génie; fon-
gez feulement fi tôt que cette
Princeffe aura dix ans accomplis,
à la fouftraire aux yeux de tous les
mortels. Plus elle approchera de

fa feiziéme année, plus le danger
fera grand pour elle. Alors l'a-
yant prife dans fes bras, il l'enri-
chit de toutes les belles qualités
qui peuvent rendre parfaite une
perfonne de fon fexe; & après
avoir reçû mille remercimens du
Roy & de la Reine, il s'éloigna
d'eux comme un éclair.

A peine, Seigneur, pourfuivit Ben-Eridoün, le malin Zéloulou, qui n'avoit pû s'accorder
avec Geoncha dans leur derniere
conférence, fçut-il ce qu'il avoit
fait pour Gul-Hindy & Cheref-
Eldin, qu'il réfolut de fe réjoüir,
en traverfant la vie de ces deux
aimables enfans. Il fe rendit pendant la nuit au Palais du Roi
d'Ormus, enleva le petit Prince,
l'apporta chez Mochzadin, le mit
fous les habillemens de Gul-Hindy, & couvrant cette petite Princeffe de ceux de Cheref-Eldin, il

l'alla placer un moment après dans le berceau dont il avoit tiré le Prince d'Ormus.

L'on peut aisément juger de la surprise où se trouverent les deux Nourrices. .... Ben-Eridoün en cet endroit fut interrompu par l'arrivée d'un Esclave noir, qui ne manquoit pas tous les jours de venir avertir le Roi d'Astracan qu'il y avoit une heure qu'il étoit sorti. Aussi-tôt que cet Esclave paroissoit, Schems Eddin se levoit pour rentrer dans son Palais, celui qui avoit l'honneur de l'entretenir cessoit de parler, & reprenoit son discours le jour suivant, s'il n'avoit pas fini son Histoire : ou bien on lui en produisoit un autre qui lui racontoit quelque avanture nouvelle.

C'est ainsi que sont divisés les mille & un quart-d'heure dans l'original Arabe ; mais j'ai crû de-

voir retrancher tout ce qui fuit
& précede la narration de Ben-
Eridoün, perfuadé que le Lecteur
lira ces Contes avec plus de plaifir que s'il étoit interrompu par
des répetitions continuelles dans
lefquelles il eft prefque impoffible
de ne pas tomber.

II.

QUART-D'HEURE.

LEs deux Nourrices, reprit le
jour fuivant Ben-Eridoün,
furent le lendemain matin étrangement furprifes, de trouver chacune en leur particulier leur
Nourriçon fi different de ce qu'elles les avoient vû la veille. Elles les
regardoient avec un étonnement
fans pareil, lorfque Zéloulou fe
préfentant à l'une & à l'autre fous

la figure d'un Nain affreux, il les
menaça de leur tordre le col si
elles parloient jamais de la méta-
morphose qui venoit de se passer,
& disparut à leurs yeux après les
avoir assurées, que si avant que
ces enfans eussent atteint l'âge de
dix-sept ans, le mistere étoit découvert de quelque maniere que
ce fût, ils tomberoient en sa puis-
sance sans en pouvoir jamais sortir.

Ces pauvres femmes étoient si
effrayées, qu'elles résolurent de
garder religieusement le silence.
Il y alloit de leur vie ; & le Génie
les avoit tellement intimidées,
qu'elles auroient tout souffert plûtôt que de reveler ce secret.

Cheref-Eldin fut donc élevé à la
Cour du Roy Mochzadin sous le
nom de Gul-hindy, & cette Princesse sous les habits du Prince de
Perse, se rendit en peu de tems

ſi parfaite dans tous les exercices du corps, qu'à l'âge de quinze ans il n'y avoit aucun des Sujets du Roi d'Ormus qu'elle n'y ſurpaſſât.

Le jeune Prince ne recevoit pas des inſtructions auſſi convenables à ſon ſexe, celui dont il paroiſſoit être, l'engageoit dans des occupations bien differentes. Il s'amuſoit ordinairement à broder, & ſuivant l'ordre de Geoncha retiré depuis l'âge de dix ans dans le Palais de Mochzadin, qui étoit devenu inacceſſible à tout autre homme qu'au Roi de Tuluphan, il ne quittoit ſon ouvrage que pour chaſſer dans le Parc, accompagné de ſes femmes & de quelques-uns de ſes Eunuques.

Sa Nourrice nommée Merou, & qui ne le quittoit jamais: le voyant approcher de ſa ſeiziéme année, lui recommandoit ſouvent de bien cacher ſon ſexe, puiſque

le repos de fa vie en dépendoit;
mais lui difoit Cheref-Eldin, en
répendant des larmes, pourquoi
m'élever comme une fille, & me
priver de l'éducation & des fcien-
ces que l'on communique aux
Princes tels que moi? Et quel injufte motif oblige le Roi & la Reine de me laiffer ainfi languir dans
une vie molle & oifive? Ce font
des chofes que j'ignore, répondoit
Merou; mais mon cher Prince,
ou plûtôt ma chere Princeffe; car
il eft dangereux que le premier
nom m'échape, tout ce que je puis
vous affurer, c'eft que Mochzadin & Riza y font trompés les premiers: ils vous croyent fille; ils en
ont été convaincus par leurs propres yeux, mais les chofes ont
bien changé depuis ce tems. C'eft
tout ce que je puis vous dire pour
le préfent; vous en fçaurez quelque jour davantage; fur tout ne

vous expofez-point aux cruels malheurs dont je vous ai tant de fois menacé fi vous faites connoî- tre ce que vous êtes avant que vous ayez dix-fept ans accomplis.

Le Prince étoit furpris de ce difcours : il fe perdoit dans fes réflexions , & n'y trouvant aucun jour, il fe réfolut de fuivre les fa- ges confeils de fa Nourrice : mais pour diffiper le chagrin qui les de- voroit , il chaffoit le plus fouvent qu'il lui étoit poffible.

Un foir que Mochzadin & Riza s'entretenoient avec leur préten- duë fille , la Reine lui raconta comme elle l'avoit déja fait plu- fieurs fois, l'avanture de fa naif- fance , & les promeffes que le Roi des Génies lui avoit faites d'unir un jour fon fort avec celui du fils du Roi d'Ormus. Ces difcours fi fouvent répetés, defefperoient le Prince , il ne fçavoit quel parti

prendre; & réfolut enfin, quelque chofe qui lui pût arriver, de
s'éloigner pour jamais d'un lieu où
il paffoit une vie fi indigne de lui.
Il n'étoit pas facile d'en venir à
bout, toutes les portes du Palais
étoient gardées par des Eunuques
incorruptibles; mais pour executer ce projet, il choifit le tems de
la chaffe : & après avoir pris deux
bourfes pleines d'or, & quantité
de pierreries, comme il étoit très-
bien monté, il s'écarta aifément
de fa fuite, & allant droit à une
porte du Parc qui donnoit dans la
campagne, il commanda à l'Eunuque qui la gardoit de la lui ouvrir. Cet Efclave refufa d'obéïr,
mais le Prince lui ayant fait voler
la tête d'un coup de fabre, qu'il
portoit toûjours lorfqu'il alloit à
la chaffe, fe faifit dés clefs, & fe
fauvant à toute bride, il choifit
le chemin le moins battu, & marcha

cha fans fe repofer tout le jour &
toute la nuit fuivante.

Les Dames & les Eunuques de
la fauffe Princeffe la cherchoient
dans le Parc avec le dernier foin.
Après en avoir vainement parcouru toutes les routes, elles arriverent enfin à la porte qu'elles trouverent ouverte ; le corps mort de
l'Eunuque redoubla leur étonnement. L'on ne douta plus qu'il ne
fût arrivé quelque accident à Gul-
hindy. Perfonne ne vouloit fe
charger d'annoncer cette trifte
nouvelle au Roi & à la Reine. Il
fallut pourtant la leur apprendre.
Ils en penferent mourir de douleur : O Ciel, s'écria la Reine, en
s'arrachant les cheveux , & fe
meurtriffant le vifage ! Que n'a-
vons-nous cru le fage Geoncha ,
nous ne ferions pas à prefent livrés
à la plus amere douleur : fans doute que l'on a enlevé Gul-hindy : le

Tome I. H

Génie nous avoit bien prédit ce
malheur ! Fasse le Ciel que ma
chere fille en évite les suites.

Pendant que le Roi & la Reine
perdoient le tems à des regrets &
des réflexions inutiles, le Prince
s'éloignoit toûjours : quelque diligence & quelque recherche que
l'on fît pour avoir de ses nouvelles, il marcha tant que son Cheval lui put fournir, & ne s'arrêta
que lorsqu'il tomba mort de lassi-
tude. Il étoit à pied bien embaras-
sé, quand il passa assez près de lui
un jeune Tartare. Le Prince l'a-
borda : Ne sçauriez-vous m'enseï-
gner quelque personnes, lui dit-
il, qui eût un Cheval à me vendre?
Vous ne pouviez-mieux vous
adresser qu'à moi, Madame, lui
répondit ce jeune homme, trompé par l'habit de femme que portoit Cheref-Eldin, mon pere qui
ne demeure qu'à quelques pas d'i

ci en fait un affez gros commerce. Le Prince le fuivit, fe pourvut d'un bon Cheval chez le pere de ce jeune Tartare; & après avoir pris quelques heures de repos, il partit, marcha plufieurs jours de fuite fans prefque s'arrêter, & arriva enfin à un Port de mer, où il trouva un Vaiffeau prêt à faire voile pour Surate. * Le Maître du Vaiffeau étoit un homme de bonne mine d'environ quarante ans. Il reçut le Prince avec tout le refpect poffible, comme une fille de qualité, qui alloit aux Indes recuëillir une fucceffion confiderable que fon pere y avoit laiffé, & dont la mere étoit morte fubitement en apprenant la mort de fon époux; il lui offrit fa table, que

* Surate eft une Ville fituée fur le Golphe de Cambaïe, dans la prefque-Ifle des Indes. Cette Ville eft très-celebre par l'abord de quantité de Vaiffeaux Marchands.

Cheref-Eldin accepta d'autant
plus volontiers, que s'étant em-
barqué fort précipitament, il n'a-
voit point eu le tems de faire aucune provision. Elle fut très-déli-
catement servie ; mais sur la fin
du repas, il fut surpris de voir entrer dans la chambre où ils étoient,
une Dame d'une extrême beauté,
qui adreffa ces paroles au Maître
du Vaiffeau.

 » Souviens-toi, Sinadab, que
» Dieu nous a donné des pere &
» mere pour leur être foûmis,
» c'eft Dieu qui nous parle par
» leur bouche : Malheur à celui
» qui les méprife, & qui n'obéït
» pas avec refpect à leurs ordres.

Sinadab à ces paroles fe leva de
table, les larmes lui coulerent des
yeux; il fe profterna enfuite, refta
quelque tems dans cet état, & fe
relevant avec une extrême douleur peinte fur le vifage : Belle

Roukia, dit-il à cette Dame, je
n'oublîrai jamais ce falutaire con-
feil : mes malheurs paffés l'ont
affez gravé dans ma mémoire ;
mais ne laiffez pas de me le rap-
peller tous les jours, ainfi que
vous avez coûtume de le faire.

III.

QUART-D'HEURE.

LE Prince Cheref-Eldin, regardoit Sinadab avec étonnement : il s'en apperçut. Vous ceffe-
riez, Madame, lui-dit-il, d'être
furprife, fi je vous avois raconté
le fujet de cette cérémonie, &
par quelle raifon cette Dame, à
tous mes repas, me repete les
mêmes paroles que vous venez
d'entendre. Cheref-Eldin ayant
alors témoigné beaucoup de cu-

riofité de fçavoir cette Hiftoire.
Voici, Seigneur, pourfuivit Ben-
Eridoün, de quelle maniere Sina-
dab la lui raconta.

HISTOIRE

De Sinadab , fils du Médecin Sazan.

MOn pere nommé Sazan étoit Médecin de Sués. *
Il exerça cette profession avec beaucoup d'honneur pendant un tems assez considérable. Il n'eut que moi d'enfans , & n'épargna rien pour mon éducation. J'avois déja près de vingt ans : il auroit souhaité que j'eusse embrassé la même profession que lui , mais outre que j'y avois une extrême repugnance ; comme il passoit pour

* Sués est une Ville dans la moyenne Egypte. Elle donne son nom à l'Istme de Sués , qui sépare la Mer rouge de la Méditerannée.

un homme très-riche, je ne crûs
pas avoir befoin d'un talent pour
vivre ; je m'imaginai que le bien
qu'il me laifferoit un jour feroit
plus que fuffifant pour paffer la
vie dans la moleffe & dans les plaifirs, fans que je fuffe obligé de me
donner aucune peine. Les remontrances de mon pere ne purent
me détourner de cette réfolution.
Il en conçut tant de chagrin qu'il
en tomba malade, & qu'après
avoir gardé le lit cinq ou fix mois,
il en mourut.

Avant que de rendre les derniers foupirs, il m'appella auprès
de lui : « Mon fils, me dit-il, puif-
» que pendant ma vie je n'ai reçû
» de vous aucune fatisfaction,
» donnez-moi du moins la confo-
» lation, en mourant, de me pro-
» mettre que vous fuivrez pon-
» ctuellement trois avis que j'ai à
» vous donner ; je prévois qu'ils
vous

» vous feront très-utiles : Jurez-
» moi fur l'Alcoran, qu'ils ne for-
» tiront jamais de votre memoire.
» Je fondois en larmes, continua
Sinadab, je jurai à mon pere d'e-
xécuter fes volontés : & voici ,
Madame, ce que le bon Vieillard
me dit en m'embraffant : » Je vous
» laiffe affez de bien, & peut-être
» trop pour vivre en honnête hom-
» me, tâchez, mon cher Sinadad,
» de le conferver ; mais fi par
» quelque accident que je ne puis
» prévoir, vous veniez à le perdre,
» ne vous attachez jamais à un
» Prince, dont vous ne connoif-
» fiez à fond le bon carectere :
» Souvenez-vous, pour quelqu'a-
» mour que vous portiez à votre
» femme, de ne lui jamais d'cla-
» rer un fecret, où il iroit de vo-
» tre vie : & enfin, ne nourriffez
» point chez vous comme votre
» fils, un enfant à qui vous n'au-

» rez pas donné la naiſſance. »

A peine mon pere m'eut-il fait jurer ſur l'Alcoran de lui obéir religieuſement dans ces trois points, qu'il ferma les yeux, & remit ſon ame entre les mains de l'Ange de la mort. Je redoublai mes larmes à ce triſte ſpectacle, & lui rendis les derniers devoirs avec toute la tendreſſe imaginable.

Je trouvai ſous ſon chevet la copie d'un Teſtament qu'il avoit dépoſé chez le Cadis. Il me permettoit de diſpoſer à mon gré de tous ſes biens, à la reſerve ſeulement d'un très-petit Jardin qui étoit hors des Portes de Sués, au bout duquel étoit un Salon aſſez propre, qu'il vouloit que je ne puſſe jamais vendre pour quelque raiſon que ce pût être.

Je ne fis pas grande attention à cet article qui me parut de très-

petite conféquence. Je ne fongeai
qu'à examiner avec foin les biens
qu'il me laiffoit. Je trouvai près de
cent mille fequins d'or, plufieurs
diamans parfaitement beaux, des
héritages confidérables & des
meubles très-magnifiques. Si-tôt
que je pûs paroître en public avec
bienféance, j'affemblai chez moi
mes amis au nombre de huit. Je
leur fis à chacun prefent d'une Efclave d'une beauté achevée, & je
les retins dix jours de fuite dans
ma maifon, où je les regalai fomp-
tueufement. Enfin, Madame,
pourfuivit Sinadab, pour ne vous
point ennuyer par un recit exact
de toutes mes folies, & des débau-
ches dans lefquelles je me plon-
geois tous les jours; je vous dirai
qu'après avoir mené une pareille
vie pendant près de deux ans, je
me trouvai tout d'un coup fans argent: mes amis qui ne m'avoient

point quittés pendant mes plaisirs,
me conseillerent de me défaire de
mes bijoux & de mes meubles, je
les vendis piéce à piéce pour la
moitié moins de ce qu'ils valoient.
Je fis ensuite la même chose des
maisons que m'avoit laissé mon
pere, à l'exception du Jardin dont
je ne pouvois disposer, & enfin je
me vis reduit à n'avoir plus pour
tout bien que mes habits , & un
seul Faucon que j'avois dressé à la
chasse.

Quand mes amis me virent dans
la misere , ils m'abandonnerent
aussi-tôt. J'eus beau leur reprocher leur ingratitude, ils se mo-
querent encore de moi: Il n'y en
eut qu'un seul , qui, ayant pitié de
l'état où j'étois , me donna dix
sequins.

Il y avoit deux jours que je n'a-
vois mangé ; je reçus cet argent
comme un present du Ciel , &

honteux de l'indigne vie que j'a-
vois menée, j'allai au Port de Suès,
dans le deſſcin de m'embarquer
ſur le premier Vaiſſeau qui parti-
roit. J'en trouvai un qui prenoit
la route d'Adel * , je n'eus que le
tems , avec le peu d'argent que
j'avois , de faire de legeres provi-
ſions pour mon embarquement :
je partis avec mon ſeul Faucon,
& nous arrivâmes à Adel ſans aucun accident.

Il ne m'étoit reſté que trois ſequins des dix que l'on m'avoit
donné ; je réſolus de les ménager,
& de tâcher de vivre de l'induſ-
trie de mon Faucon. J'avois un
talent tout particulier pour dreſ-
ſer des oiſeaux à la chaſſe ; le mien
y étoit excellent : Je l'avois accoû-
tumé à ne point tuer les animaux

* Adel eſt une Ville capitale d'un Royaume du
même nom , dans la nouvelle Arabie, autrement
appellé le Païs d'Ayan.

fur lefquels il fondoit : il leur arrachoit feulement les yeux de deux coups de bec, & je les prenois enfuite tout en vie ; je ne manquai donc point de gibier pour me nourrir, & une pauvre veuve fort âgée qui m'avoit retiré chez elle ; j'en portois même tous les jours au Pourvoyeur du Roi, qui me le payoit graffement, & qui furpris de ce que je lui racontois de mon oifeau, en fit le rapport au Roi.

Ce Prince qui aimoit fort la chaffe, m'envoya chercher : il me dit qu'il vouloit voir voler mon Faucon, & que je me tinffe prêt le lendemain, à la pointe du jour. J'obéïs avec joye, & le Roi fut tellement charmé de l'adreffe, de la legereté & de l'obéiffance de mon oifeau, qu'il me demanda combien je le lui voulois vendre ? Seigneur, lui répondis-je, c'eft l'u-

nique bien qui me refte de plus de
deux cent mille fequins que mon
pere m'avoit laiffé en mourant :
ce feul Faucon me fait vivre depuis que je fuis dans la mifere ;
mais puifqu'il a le bonheur de
plaire à votre Majefté, je n'en ferai que trop payé par l'honneur
que j'efpere qu'elle me fera de
l'accepter.

Le Roi d'Adel, pourfuivit Sinadab, me fit donner fur le champ
vingt mille fequins ; me logea dans
dans fon Palais, & m'accorda les
appointemens de fon grand Ve-
neur. En un mot, Madame, ce
Prince eut tant de bontés pour
moi, que je devins en peu de tems
fon premier Vifir, & fon unique
Confident. Je l'accompagnois tous
les jours à la chaffe, où il prenoit
un plaifir extrême, & je ne le
quittois ordinairement que lorfqu'il fe retiroit auprès de fes
femmes. I iiij

Que je ferois malheureux, mon
cher Sinadab, me difoit-il un jour,
fi je vous perdois ; vous partagez
les plus doux momens de ma vie!
Seigneur, repris-je, la faveur des
Grands eft trop inconftante pour
qu'un homme fage puiffe y compter fûrement. Je fuis aujourd'hui
comblé de vos faveurs, demain
peut-être ferai-je accablé fous le
poids des chaînes dont vous or-
donnerez qu'on me charge. Non,
non, Vifir, me dit-il, ne craignez
rien ; je vous aimerai toûjours, &
pour vous attacher plus fortement
à moi, & vous faire entierement
oublier votre Patrie, je veux que
vous époufiez une de mes Sœurs:
j'en ai trois d'une excellente beauté, je vais vous les faire voir fans
qu'elles le fçachent, & fi vous
avez le cœur libre, je prétens que
celle qui vous plaira le mieux foit
demain votre époufe. Je me prof-

ternai aux pieds du Roi d'Adel,
confus de ses bontés ; il me releva
& m'embrassant avec tendresse,
il me fit passer dans son cabinet,
me plaça derriere un grand voile
de gaze noire, & ordonna au
Chef de ses Eunuques d'aller chercher les trois Princesses.

I V.

QUART-D'HEURE.

LES ordres du Roi furent
executés avec une extrême
promptitude, je vis un moment
après entrer trois Dames d'une
beauté sans égale, & brillantes
comme des pleines Lunes. Ce
Prince causa quelque tems avec
elles sur des choses fort indifferentes ; ensuite les ayant renvoyées à
leurs appartemens, il me fit sortir

de derriere le voile où j'étois : Eh
bien, mon cher Vifir, me dit-il,
pour laquelle de mes trois Sœurs
ton cœur a-t-il reffenti quelque
émotion? Ah ! Seigneur, repris-je
avec tranfport, ces Dames font
d'une beauté fi raviffante, que je
n'ai pû décider en fi peu de tems
.... Non, non, interrompit le
Roi, quelqu'une des trois a fçû te
plaire plus que les deux autres :
avoüe-le moi, je te l'accorde de
tout mon cœur, & je t'ordonne
de me découvrir tes fentimens
avec franchife : Seigneur, repli-
quai-je, puifque vous me le com-
mandez abfolument, la plus jeune
des trois Princeffes a fçû percer
mon cœur des traits les plus vifs,
mais quelque bonté que votre Majefté ait pour fon Efclave, mon
bonheur feroit imparfait, fi je
n'obtenois pas la Princeffe d'elle-
même. Voilà des fentimens bien

délicats, répondit le Roi ; je veux
pourtant te donner encore cette
satisfaction : Alors il ordonna au
Chef de ses Eunuques de faire venir Bouzemghir (c'étoit, Madame, le nom de la Princesse ;) elle
parut un instant après : Ma chere
Bouzemghir, lui dit le Roi en
l'embrassant, j'ai dessein de vous
marier, mais je ne veux point for-
cer votre inclination : le Visir Sinadab que voici, à qui je viens de
vous proposer pour épouse, ne
veut aussi devoir votre main qu'à
vous-même : je vous laisse avec
lui : examinez-vous avant que de
me donner une réponse positive,
& comptez que de quelque maniere que vous décidiez, je ne vous
en sçaurai point mauvais gré.

Le Roi d'Adel se retira alors,
& laissa le Chef des Eunuques à la
porte en dehors. Il est inutile,
Madame, continua Sinadab, de

vous rapporter la convérfatiou
que nous eûmes Bouzemghir &
moi : Elle me fit connoître par des
difcours très-tendres,qu'elle feroit
tout fon bonheur de m'avoir pour
époux, & m'affûra plus d'une fois
que l'obéïffance qu'elle devoit au
Roi fon frere, n'avoit nulle part
aux fentimens qu'elle me décou-
vroit fi naturellement. Sur cette
confiance je l'époufai, avec toutes
les magnificences poffibles : & la
Ville d'Adel prit part à ma joye,
puifque le Roi en déchargea les
habitans du quart de toutes les
entrées.

Au bout de quelques mois Bouzemghir fe trouva groffe. Comme
je l'aimois tendrement , j'en reffentis une joye extrême, mais cette
joye fut de courte durée ; elle fe
laiffa tomber, fe bleffa très-dan-
gereufement , & penfa mourir
d'une fauffe couche. Par les bons

foins que l'on eut d'elle, elle re-
couvra bientôt une fanté parfaite,
mais cinq ans s'étant écoulés fans
que nous euffions pû avoir d'enfans, nous confultâmes les plus
habiles Medecins d'Adel, qui af-
fûrerent tous d'une commune
voix, que la Princeffe mon époufe
ne feroit jamais mere.

Cette nouvelle chagrina fort
Bouzemghir que j'adorois, & qui
avoit pour moi toute la tendreffe
poffible : Seigneur, me dit-elle,
un foir que nous étions feuls enfemble, puifque je me vois privée
pour toûjours du doux plaifir de
vous donner des heritiers, adou-
ciffons du moins nos peines en
adoptant le petit Roumy (c'étoit,
Madame, pourfuivit Sinadab, le
fils d'une de mes Efclaves, qui à
quatre ans promettoit tout ce
qu'on pouvoit efperer d'un enfant
de cet âge.) Comme je n'avois ja-

mais contredit Bouzemghir, je
confentis volontiers à cette pro-
pofition avec l'agrément du Roi
d'Adel. Je fis donc élever Roumy
comme mon fils, & je ne négligeai
rien pour le rendre parfait.

Il y avoit déja près de dix ans
que Roumy me regardoit comme
fon pere, & que j'en recevois toute
la fatisfaction poffible, lorfqu'une
nuit que j'étois auprès de Bouzemghir, & que je ne dormois pas, les
dernieres paroles de mon pere, &
le ferment qu'il m'avoit fait faire
fur l'Alcoran, me revinrent dans
l'efprit ; je n'en fis que rire. Les
vieilles gens radotent, dis - je en
moi-même : j'ai mangé tout mon
bien, je me fuis donné à un Prince
que je ne connoiffois prefque pas;
en fuis-je plus à plaindre ? au contraire pouvois-je prétendre à une
fortune plus confiderable, plus
folide & plus éclatante, que celle

d'être Viſir, & beau-frere d'un
puiſſant Roi, qui fait tout ſon plaiſir de m'avoir auprès de lui ? J'ai
adopté Roumy malgré la défenſe
de mon pere, quelle ſatisfaction
ne reçois-je pas de cet enfant, qui
à quinze ans donne des marques
d'un excellent naturel, & dont
j'eſpere un jour toute la recon-
noiſſance poſſible ? Non, non, il
ne faut pas s'attacher ſi ſervile-
ment à ſuivre les volontés de nos
peres; quand ils ſont parvenus à un
certain âge, loin de pouvoir conduire les autres, ils ne ſont plus en
état de ſe conduire eux-mêmes.

Je m'endormis, Madame, après
avoir fait ces belles reflexions; elles me repaſſerent dans l'eſprit le
lendemain. Voilà déja deux des
conſeils de mon pere que je n'ai
pas ſuivi, ſans qu'il m'en ſoit arrivé aucun malheur, me dis-je
alors: voyons s'il en ſera de même

du troisiéme. Après avoir rêvé
quelque tems, je m'avisai de l'ex-
pedient que vous allez entendre.

Bouzemghir avoit plusieurs fois
murmuré contre le Roi d'Adel
lorsqu'il m'arrachoit d'entre ses
bras pour me mener à la chasse,
d'où je revenois souvent très-fatigué. Ses plaintes me fournirent
le dessein d'éprouver si ma femme
seroit capable de me garder un
secret.

V.

QUART-D'HEURE.

J'Allai à la perche où étoient
les oiseaux du Roi : je pris celui dont je lui avois fait présent,
sans que personne s'en apperçût.
Je l'allai porter dans un cabinet au
bout d'un Jardin que j'avois hors

de

de la Ville , & le donnai à nourrir à un Muet qui en étoit le Concierge , avec ordre de ne point
fortir du Salon que l'on ne le vînt
chercher de ma part , & que l'on
ne lui montrât mon anneau. Je pris
alors la clef du Jardin dont je fer-
mai la porte à double tour , & je la
portai à un ami en qui j'avois connu une très-grande probité. Si vous
voyez mes jours en danger, lui
dis-je , ce que je prévois qui pourra m'arriver avant qu'il foit peu ,
obligez-moi d'aller à mon jardin
dont voilà la clef : faites voir cette bague au Muet qui en eft le
Concierge, & amenez le moi avec
le dépôt que je viens de lui confier : il fervira à ma juftification.

Je rentrai enfuite chez moi , &
comme j'avois toûjours plufieurs
Faucons que j'inftruifois, j'en pris
un qui reffembloit parfaitement à
celui du Roi, je lui tordis le col ,

& le portai à ma femme : ma chere Bouzemghir, lui dis-je en l'em-
braſſant, voilà des marques bien
réelles de ma tendreſſe : vous vous
êtes plaint tant de fois du Roi
d'Adel, que j'ai voulu couper la
racine aux chagrins qu'il vous
donnoit : ce ſeul Faucon en étoit
la cauſe : c'étoit lui qui en faiſant
tous les plaiſirs du Roi, vous pri-
voit des vôtres : Je viens de le tuer,
mais gardez-vous bien de reveler
jamais ce ſecret : il y va de ma vie,
ſi le Roi ſçavoit mon ingratitude
envers lui, il ſongeroit peu au
motif qui me l'a fait commettre, & me feroit ſans doute mourir.

Bouzemghir parut d'abord effrayée du parti que j'avois pris,
mais enſuite me ſerrant tendrement la main : mon cher Seigneur, me dit-elle, lumiere de
ma vie, s'il n'y a que vous & moi

qui foyons dépofitaires de ce fecret, affurez-vous que vous êtes en
fûreté, & que les apprêts de la mort
la plus cruelle ne feroient pas capables de me faire découvrir votre crime. Cela va bien, lui répondis-je, ferrez donc foigneufement
le Faucon : pour moi je vais faire
ma cour au Roi.

Je quittai Bouzemghir pour me
rendre auprès du Roi d'Adel. Il
avoit déja appris que fon Faucon
ne fe trouvoit pas fur la perche.
Il m'en témoigna un extrême chagrin. Seigneur, lui dis-je, je ne
fçache qu'un feul moyen pour re-
trouver votre oifeau, faites publier dans Adel combien vous êtes
fenfible à fa perte, & promettez
une récompenfe digne de la gé-
nérofité d'un Monarque tel que
vous l'êtes.

Le Roi me crut : il fit crier par
tous les Carfours, que quiconque

lui donneroit des nouvelles de son
Faucon mort ou vif : si c'étoit un
homme, outre la confiscation de
la moitié des biens de celui qui auroit commis le vol , il le feroit un
des plus grands Seigneurs de son
Royaume : & que si c'étoit une
femme, ou une fille , il lui donneroit pour époux le Visir Giamy
qui étoit le plus bel homme d'A-
del , & qui partageoit sa faveur
avec moi.

Cette publication fut bien-tôt
répanduë par toute la Ville. Je
la croyois bien inutile, comptant
sur l'extrême tendresse de Bouzemghir, qui depuis quinze ans
n'avoit pas cessé un seul jour de
m'en donner des marques ; mais
avant que le Soleil fût couché , je
fus dans le dernier étonnement
de me voir arrêter de la part du
Roi , & jetter dans une obscure
prison, où je passai la nuit.

A peine le jour commença-t-il
à paroître, qu'on me conduisit devant le Roi d'Adel, dont la fureur
étoit peinte sur le visage : Perfide
Visir, me dit il, as-tu sitôt oublié
les bontés que j'ai eu pour toi ?
Quoi sans aucune reconnoissance
de la grandeur où je t'ai élevé, tu
oses me frapper par l'endroit le
plus sensible ! Seigneur, repris-je,
de la poussiere où j'étois, vous m'a-
vez placé sur le Trône des Gran-
deurs, vous pouvez m'en renver-
ser d'un seul souffle ; mais permettez-moi de vous repréfenter que
j'ignore entierement les motifs de
votre colere, & que les personnes
qui m'accusent devant vous, font
beaucoup moins innocentes que
moi. Traître ingrat, me dit le
Roi, n'as-tu pas fait mourir mon
Faucon ? Moi, Seigneur, repris-
je, en contrefaisant l'étonné ;
suis-je capable de priver mon

Maître de ſes plaiſirs, par le ſeul
endroit où j'ai le bonheur de lui
plaire? Non, Seigneur, ſi c'eſtlà
la raiſon de votre reſſentiment,
je ſuis ſûr qu'il tombera bien-tôt
ſur un autre. Ah! ſcelerat, répliqua le Roi avec fureur en tirant le Faucon mort de deſſous ſa
robbe, tu joins encore l'impuden.
ce au crime: tiens, reconnois ton
ouvrage. Je demeurai interdit à
cette vûë. Seigneur, dis-je alors,
les apparences ſont ſouvent trom-
peuſes; mais qu'oiqu'au ſujet de
la mort de votre Faucon je n'aye
rien à me reprocher, faites-moi
la grace de m'apprendre le nom
de mon accuſateur: Je veux bien
encore te donner cette ſatisfaction, ajoûta le Roi d'Adel, c'eſt
Bouzemghir: c'eſt ta femme elle
même: oſe-tu récuſer un tel témoin? Un coup de foudre n'eſt
pas plus aſſommant que me le fut

cette nouvelle ; je me rappellai en
ce moment les dernieres paroles
de mon pere, elles m'accablerent :
Juste - ciel , m'écriai - je, Bouzemghir m'accufe ! Bouzemghir
me trahit ! fe peut-il rien de plus
noir & de plus odieux ? Ah ! Seigneur, pourfuivis-je , j'ai de quoi
faire retomber tout le crime fur
elle, mais quoique je ne fois point
coupable envers vous, je ne veux
point me défendre, je refpecte
votre fang , je mérite la mort, fi
vous n'avez la bonté de vous ref-
fouvenir des promeffes que votre
Majefté m'a faite dans les momens
les plus vifs de votre amitié Non ,
non, s'écria le Roi d'Adel, plus
je t'ai aimé, moins ton crime eft
pardonnable , n'efpere point de
grace, & prépare-toi à perdre la
tête. Enfin , Madame , continua
Sinadab, quelque chofe que je
puffe dire pour émouvoir le cœur

du Prince, il me tourna le dos, &
me laissa entre les mains de ses
Gardes pour me livrer au Boureau.

Comme pendant près de quin-
ze ans que j'avois été Visir à Adel,
je n'avois jamais fait de mal à personne, tous les honnêtes gens sou-
pirerent de me voir condamné à
la mort pour si peu de chose. On
tâcha vainement d'obtenir ma
grace du Roi : il fut inéxorable :
mes Gardes qui ne pouvoient,
sans verser des larmes, voir ma
mort prochaine, m'offrirent de
me sauver. Non, leur dis-je, je
vous remercie d'une bonne volonté dont les effets attireroient im-
manquablement sur vous le courroux du Roi : je ne suis point coupable, j'ai de quoi me justifier
quand il en sera tems.

Le Roi ordonna vainement que
l'on m'ôtât la vie : le Boureau s'ab-
senta

senta d'Adel pour ne point faire sa
charge; & tous ceux à qui le Roi
en donna la commission la refuserent : de sorte qu'il fut obligé de
faire publier par toute la Ville,
que quiconque voudroit accepter cet emploi, auroit pour sa récompense l'autre moitié de mes
biens, dont il n'avoit pas encore
disposé.

Quelques avantageuses que fussent ces offres, personne encore
ne paroissoit pour me donner la
mort, lorsque Roumy, mon fils
adoptif, alla trouver Bouzemghir:
Madame, lui dit-il, sans vouloir
pénétrer si Sinadab est coupable
ou non, sa tête est dévouée à la
mort, & je souffre de le voir languir par le refus que chacun fait
de lui ôter la vie : de ses biens im-
menses la moitié vous appartient
comme dénonciatrice de son crime : je suis donc le seul puni, puis-

que le Roi en promet l'autre moitié à quiconque ôtera la vie à Sinadab : je veux offrir ma main au Roi pour cette exécution , je crois que sa Majesté & Sinadab même me sçauront bon gré de cette résolution : & je vais terminer le cours d'une vie, qui sans doute lui est odieuse, & gagner par moi-même des biens qu'il n'est pas naturel que je laisse passer dans des mains étrangeres.

Bouzemghir qui avoit apparemment conçû une passion violente pour le Visir Giamy , sur le rapport que je lui avois peut-être fait moi-même, que c'étoit le plus bel homme & le mieux fait d'Adel , ne pouvoit contenter ses désirs en l'épousant tant que je serois envie, c'est ce qui l'avoit obligée à me trahir avec tant de lâcheté : elle approuva l'infâme résolution de Roumy, le conduisit au Roi,

& colora si bien cette action, que
ce Prince alteré de mon sang, l'a-
mena lui-même dans ma prison,
& se fit un plaisir cruel de m'annoncer mon Bourreau.

Je demeurai immobile à la vûë
de Roumy : J'eus beau, les larmes
aux yeux, lui reprocher son ingratitude, il eut la dureté de me lier
les mains, & de vouloir encore me
faire comprendre que je lui avois
obligation de s'être offert à me
donner la mort.

Le Roi étoit présent à un si tendre spectacle sans en être ému :
mes pleurs ne purent le toucher,
& le trouvant inflexible : O ! Sazan, Sazan, m'écriai-je, que ne
vous ais-je cru ? Ces paroles qui,
selon lui n'avoient aucun sens, lui
firent croire que la frayeur de la
mort me faisoit extravaguer : que
veux-tu signifier par ces mots, ô !
Sazan, Sazan, me dit-il, explique

moi ce miftere ? Seigneur, repris-
je, ils me reprochent ma défobéif-
fance envers mon pere qui fe nommoit Sazan, dans les trois feules
chofes qu'il m'avoit recommandé
en mourant; j'en dois aujourd'hui
porter la peine fans murmurer:
je me fuis attaché à votre Majefté
fans vous connoître à fond : j'ai
revelé mon fecret à ma femme, &
j'ai nourri dans mon fein une vi-
pere qui me va donner la mort.

Malgré vos promeffes vous me
livrez au fuplice, pour la mort
d'un Faucon dont je fuis innocent;
Bouzemghir oubliant l'extrême
tendreffe que j'ai eu depuis quinze
ans pour elle, me trahit par la
plus noire perfidie; & Roumy,
cet enfant que j'ai regardé comme
mon fils, féduit par un vil inté-
rêt, s'offre pour être mon boureau. O ! Sazan, Sazan encore
une fois, que ne vous ai-je cru

Le Roi & tous les Spectateurs étoient immobiles à ce récit, lorsque je me tournai vers Roumy : frappe indigne Roumy, frappe, m'écriai-je, ne fais plus languir le malheureux, mais l'innocent Sinadab, dont chaque instant de sa vie doit te couvrir de confusion.

Roumy, sans s'attendrir, tira son sabre, & prenoit les mesures pour m'abattre la tête.

VI.

QUART-D'HEURE.

Roumy, comme un enfant dénaturé, alloit me donner le coup de la mort, continua Sinadab, lorsque l'ami, à qui j'avois confié la clef de mon jardin, entra dans la prison avec le Faucon du Roi sur son poing : Seigneur,

L iij

lui dit-il, en arrêtant le bras de
Roumy, qui n'étoit plus qu'à deux
doigts de mon col, voyez la fauf-
feté de l'accufation que l'on a
formée contre Sinadab, & recon-
noiffez votre Faucon en vie, à la
marque que vous-même lui avez
faite à la patte.

Le Roi d'Adel fut étrangement furpris à cette vûë : une extrême confufion lui couvrit le vifage : il baiffa les yeux, & rêva
profondément à ce qui venoit de
fe paffer : Pour moi, pourfuivit
Sinadab, quelqu'à propos que fût
arrivé mon ami, j'y eus prefque
regret : la vie m'étoit devenuë o-
dieufe par la perfidie de ma femme, & par l'ingratitude de mon
fils adoptif. Je me jettai aux genoux du Roi : Seigneur, lui dis-je
alors, voilà ce miferable favori
que vous aviez tant affûré d'une
éternelle protection, qui alloit

erdre la vie injuftement. Ce Prince attendri, me releva, & m'ordonna de lui développer tout ce
miftere : je le fis en peu de paroles.
Il examina toutes les circonftances de mon Hiftoire, & recon-
noiffant l'infidelité & la noirceur
d'ame de Bouzemghir, il envoya
l'arrêter fur le champ ; la fit conduire devant lui, & l'ayant fait
lier dos à dos avec Roumy, il
m'ordonna de leur trancher la
tête, du même fabre qui avoit
été deftiné à m'ôter la vie ; je re-
fufai de tremper ma main dans
un fang qui m'avoit été fi cher :
J'implorai même la grace de ces
deux miferables, je ne pûs l'obtenir, & l'un des Gardes du Roi fit
par fon ordre voler leurs têtes de
deffus leurs épaules.

Le Roi content de cette exécution, que je ne pûs voir fans
répandre des larmes en abondan-

ce, m'embraſſa tendrement, &
me reconduiſit au Palais : Seigneur, lui repetai-je encore, a-
vois-je tort de vous repreſenter
autrefois, que ceux qui comptent
ſur la faveur des Grands, bâtiſ-
ſent ſur le ſable, puiſque la mort
d'un vil animal dont vous m'avez
cru l'auteur, vous a fait oublier
en un moment une amitié de quinze années ? Briſons-là, Viſir, me
dit le Roi d'Adel, je ſuis honteux
de ma faute, mais je prétends la
reparer, & t'élever à un ſi haut
point de gloire, que ta chûte ne
ſera plus à craindre : Non, Seigneur, repris-je avec reſpect, laiſ-
ſez-moi retourner à Suès, joüir
d'une vie tranquille & paiſible ;
c'eſt la ſeule grace que vous demande Sinadab. Le Roi s'oppoſa
de tout ſon pouvoir à cette réſolution, mais je demeurai inébran-
lable ; rien ne put m'arrêter au

près de lui , & je m'embarquai
huit jours après sur un Vaiſſeau
qu'il me donna & que je fis charger de toutes mes richeſſes , de
mes meubles & de quantité de
pierreries dont le Prince me fit
preſent avant que de partir. Cette
ſéparation ne ſe fit pas ſans regret,
mais enfin je pris la route d'Egypte , & nous touchions preſqu'au
Port , lorſqu'une horrible tempête , après nous avoir battu pendant trois jours & trois nuits , en-
gloutit mon Vaiſſeau à quelques
lieuës de Suès. Tous les gens de
l'équipage y périrent ; je fus le
ſeul , qui m'étant ſaiſi d'une plan-
che , me ſauvai du naufrage , &
abordai à terre , mais j'y perdis
toutes mes richeſſes , & je me vis
en un moment reduit à la derniere
miſere.

Ne ſçachant où donner de la
tête , je me rappellai le Teſtamens

de mon pere : je me souvins que
j'étois encore le maître du petit
Jardin & du Salon qui étoit hors
des Portes de Sués. Je fus curieux
de voir si personne ne s'en étoit
emparé en mon absence. Il y a-
voit plus de seize ans que j'en étois
parti : je le trouvai au même état
que je l'avois laissé, à la réserve
qu'il paroissoit fort délabré ; j'en
ouvris les portes par le moyen
d'un secret que mon pere m'avoit
enseigné plusieurs fois, & qu'il
n'y avoit que lui & moi qui le
sçûssions. J'y vis l'herbe à la hau-
teur des murailles, & le cabinet
fort en désordre, & comme il étoit
assez tard, & que j'étois extrêmement fatigué, je me couchai sur
une vieille natte pourrie où je dor-
mis jusqu'à ce que la faim me réveilla. Je ne sçavois aucun métier
pour gagner ma vie : je résolus, ne
voulant point me faire connoître,

d'aller demander l'aumône de porte en porte : je fortis pour cet effet
du Jardin, je me promenai long-
tems par la Ville ; mais j'implorai
inutilement le fecours des habitans de Sués, perfonne ne m'aida
dans le befoin extrême où j'étois,
de forte que je rentrai fur le foir
dans ma petite maifon fort affa-
mé, & de plus très-fatigué d'avoir
marché tout le jour. Je m'affis fur
une méchante efcabelle qui étoit
dans un coin du Salon, & j'y re-
paffois dans mon efprit tout ce que
mon pere m'avoit ordonné en
mourant, & dont j'avois tenu fi
peu de compte, lorfque je jettai
les yeux fur un petit coffre prefque pourri, auquel je n'avois pas
encore fait attention : il étoit fermé à clef, j'en rompis la ferrure
avec précipitation croyant y trouver quelque argent ; mais je fus
extrêmement étonné de n'y voir

qu'une corde de la grosseur d'un
petit doigt, & un billet écrit de la
main de mon pere, qui contenoit
ces mots.

*Vous ne m'avez peut-être pas tenu
parole, Sinadab, quoique vous en
ayez juré sur l'Alcoran. Si votre
mauvaise économie & votre déso-
béissance vous réduisent dans la misere, & que vous ayez assez de résolution pour suivre mon dernier conseil, vous trouverez la fin de vos
maux dans ce coffre.*

Oüi, repris-je avec fureur, oüi
mon pere, je vous obéïrai cette
fois, aussi-bien n'ai-je point d'autre parti à prendre que de finir
mes jours infortunés par ce cor-
don. Alors prenant une résolution
désesperée, je montai sur l'esca-
belle, & après avoir fait un nœud
coulant à la corde, je l'attachai
à une espece de tigefond, qui tenoit
au plafond du Salon où j'étois, &

qui sembloit y avoir été mis exprès
pour cet usage, je passai le col
dans le nœud coulant, & reculant
le placet avec un pied, je m'aban-
donnai sans rezret à la rigueur de
mon sort.

VII.

QUART D'HEURE.

JE croyois par là, Madame,
trouver une mort certaine,
lorsque la pesanteur de mon corps
emportant le tirefond, entraîna
avec soi une espece de trappe d'un
bois très-leger, & qu'il tomba de
l'ouverture qui se fit au plafond,
une si grande quantité de pieces
d'or, que je m'en trouvai tout couvert. Cette heureuse découverte
fit que je ne me sentis presque pas
de ma chûte : Je me relevai assez

promptement : Je montai au-def-
fus du Salon par l'ouverture de la
trappe , & je fus dans un étonnement fans égal d'y trouver des richeffes immenfes , tant en or
qu'en pierreries. Je penfai mourir
de joye à cette vûë qui faifoit ceffer
tous mes malheurs. Je pris une
de ces pieces d'or , & après avoir
bien fermé la porte du jardin , j'allai acheter ce qu'il me falloit pour
faire un bon repas. Je diftribuai
enfuite le lendemain aux pauvres
Derviches mille pieces d'or , &
après m'être mis en état de paroître avec honneur dans la Ville , je
rachetai prefque tous les héritages de mon pere ; & pour me rap-
peller fans ceffe les malheurs dans
lefquels j'étois tombé par ma défo-
béïffance , je me fais repeter à tous
mes repas les paroles que vous
avez entenduës au fujet de la foûmiffion & du refpect que les en-

fans doivent avoir pour leurs peres.

Il y a près de cinq ans, Madame, continua Sinadab, que je
retournai à Sués; depuis ce tems
je me fuis appliqué à remplir tous
les devoirs d'un honnête homme;
mes malheurs m'ont rendu fage &
économe, & je paffe la vie agréa-
blement avec la belle Roukia que
vous avez vûë à la fin de notre repas: c'eft celle de mes femmes en
qui je trouve le plus de mérite.
Elle eft de Surate, & comme elle
y a deux fœurs qu'elle aime tendrement, & qui ne font pas dans
l'opulence, je vais à fa priere les
chercher pour les conduire à Sués,
où je veux les établir.

Quand Sinadab, Seigneur,
pourfuivit Ben-Eridoün, eut achevé de parler, le Prince Cheref-
Eldin lui temoigna la joye qu'il
avoit de le voir heureux après les

traverfes cruelles qu'il avoit ef-
fuyées ; & comme les vents furent
très-favorables , le Vaiffeau ne
fut pas long-tems fans arriver à
Surate. Le Prince toûjours fous
fes habits de fille , y prit congé de
Sinadab & de la belle Roukia, à
qui il témoigna beaucoup de reconnoiffance de leurs honnêtetés;
& après s'être repofé quelque
tems , il prit la route de la Chine.

Cette Hiftoire m'a fait un extrême plaifir , interrompit le Roi
d'Aftracan , en s'adreffant à Ben-
Eridoün : je fuis très-content de
toi , & j'ordonne à Mutamhid de
te donner cent pieces d'or par
jour , tant que tu contribûras à me
délaffer l'efprit ; mais je ne fuis pas
moins curieux de fçavoir le fort
de Gul-Hindy & de Cheref-El-
din , que je l'ai été ces jours paffés,
d'apprendre la fuite des avantures de Sinadab ; puifqu'il nous
reſte

reste encore du tems, aujour-
d'hui, pourfuis ton Histoire. Ben-
Er doun charmé d'avoir le bonheur de plaire à son Roi, continua ainsi.

SUITE DE L'HISTOIRE

De Cheref-Eldin, & de Gul-Hindy,

IL y avoit peu de jours, Seigneur, que Cheref-Eldin marchoit toûjours vêtu en fille, lorsqu'il arriva dans une prairie charmante. L'Arabie heureuse ne produit pas tant de richesses & de bonnes senteurs, que la Nature en étaloit en cet endroit. La terre y étoit couverte d'une herbe molle, qui paroissoit ne vieillir jamais; les chaleurs de l'Esté, ni les rigueurs de l'Hyver n'y fletrissoient point les roses, les jasmins & les violettes dont la campagne étoit ornée, & ces fleurs qui char-

moient la vûë par la diverſité de
leurs couleurs, réjoüiſſoient en
même tems les ſens par l'odeur
exquiſe dont elles embaumoient
l'air.

Au bas de cette prairie s'élevoit
une eſpece de roche cavée en forme de grotte, du milieu de laquelle tomboit une ſource dans un
grand baſſin de marbre ruſtique.
L'eau que produiſoit cette fontaine, étoit ſi pure & ſi belle, qu'elle
invitoit par ſon doux murmure à
ſe repoſer ſur ſes bords, qui étoient
ornés de gazon, & un grand arbre y étendoit ſes branches avec
tant d'épaiſſeur, que ſon ombre
étoit impénetrable aux rayons du
Soleil le plus chaud.

Ce fut dans cet endroit que le
Prince eſſaya de goûter quelques
momens le repos que la ſolitude
& la fraîcheur du lieu lui of-
froient. Il attacha ſon Cheval au

M ij

premier arbriſſeau, & ſe coucha
ſur le gazon, mais à peine com-
mençoit-il à joüir d'un ſommeil
tranquille, qu'un Géant affreux
qui n'avoit qu'un œil, & qui demeuroit aux environs de ce lieu
charmant, où il avoit coûtume de
ſe venir quelquefois rafraîchir, y
arriva. Il fut trompé à l'habit du
jeune Prince, qu'il prit pour une
fille d'une beauté raviſſante ; il en
devint paſſionnément amoureux,
& ſe mit en devoir de l'enlever.
Il lui avoit déja détaché ſon ſabre
qu'il avoit jetté loin de lui, & ſe
diſpoſoit à executer cette entrepriſe, lorſqu'une fléche qui paroiſſoit partir d'une main inviſible, le frappant dans l'œil qui lui
reſtoit, le lui creva, & le priva
par ce moyen de ſatisfaire ſa bru-
tale envie.

Le Prince ſe réveilla bien-tôt
aux cris affreux du Géant, &

cherchant des yeux son liberateur, il apperçut un jeune homme qui lui ressembloit si parfaitement, qu'il douta d'abord si ce n'étoit pas son ombre.

Cet inconnu, & la fausse Princesse de Tuluphan s'admirerent quelque tems sans se parler, mais enfin la derniere rompant le silence : je vous dois l'honneur & la vie, Seigneur, lui dit-elle ; mais apprenez-moi, je vous en conjure, à qui j'ai une obligation qui sera toûjours présente à ma memoire.

L'inconnu hésita quelque tems de répondre au Prince, qu'il prenoit aussi pour une femme ; mais poussé par un motif secret auquel il ne pouvoit résister : pour tout autre que vous, Madame, lui répondit-il, je m'appelle Mobarex, & suis fils d'un riche Marchand d'Hispahan, que le seul plaisir de

voyager a fait fortir de Perfe:
mais un certain mouvement dont
j'ignore la caufe, me force à ne
point diffimuler avec vous, & à
vous avoüer que je fuis le Prince
d'Ormus. Je fuyois de la Cour du
Roi mon pere, dans le deffein d'é-
viter un mariage, pour lequel j'ai
une extrême averfion, lorfqu'en
paffant par ces lieux, je vous ai
vû arriver aux bords de la fontaine voifine. Les mêmes traits
qui fe trouvent fur nos vifages,
m'ont donné la curiofité de vouloir apprendre qui vous êtes ; &
j'allois vous aborder pour le fçavoir, lorfque je vous ai vû accablée de fatigue, chercher du repos par un doux fommeil, que je
n'ai point voulu interrompre, &
dont vous joüiriez encore fans
l'infolence de celui que je viens de
priver de la lumiere ; mais, Madame, continua-t'il, permettez-

moi de vous dire, que quoique
le devoir d'un Prince, tel que je
le suis, m'oblige de donner du secours aux personnes de votre sexe,
quelque chose de plus m'animoit,
quand j'ai pris votre défense. Pardonnez, Madame, cet aveu temeraire, & que cette déclaration
n'éfarouche pas votre pudeur: un
obstacle invincible s'oppose au
bonheur que je pourrois prétendre, en me faisant aimer de vous:
Je ne vous demande donc que votre amitié; mais, Madame, je
vous la demande avec toute l'ardeur possible, & je vous aimerai
avec tant de pureté, que votre
vertu n'aura jamais lieu de s'en
plaindre.

La fausse Princesse de Tuluphan fut si interdite, lorsque cet
Inconnu lui apprit qu'il étoit fils
du Roi d'Ormus, qu'une extrême
rougeur lui monta au visage; elle

fit en ce moment mille cruelles
réflexions sur ce que Riza lui avoit
dit de ce Prince, & sur l'impoſſi-
bilité qui ſe trouvoit dans l'exe-
cution des volontés du Roi des
Génies ; mais ces réflexions ſe
détruiſant d'elles-mêmes à la vûë
d'un Prince ſi charmant, pour qui
malgré elle, elle reſſentoit déja
une parfaite eſtime, elle étoit ſur
le point de ſe demaſquer à ſes
yeux, lorſque enviſageant les
malheurs que Merou lui avoit fait
apprehender, elle réſolut de garder le ſilence ſeulement ſur ſon
ſexe, & d'avoir pour le faux Prince de Perſe, la même confiance
qu'il avoit eû pour elle : Seigneur,
lui dit-elle, vos manieres ſont ſi
reſpectueuſes, & je vous ai tant
d'obligation que j'aurois tort de
me plaindre de l'aveu que vous
venez de me faire, vous ne me demandez que mon amitié, elle vous
eſt

eft dûë fans referve. A mon égard
la chaffe étoit mon unique occupation, avant que quelques raifons que je ne puis vous dire, fans
m'expofer aux plus cruels malheurs, m'euffent fait quitter la
Cour du Roi mon pere ; mais
quelque réfolution que j'aye prife
de taire mon nom à tout l'Univers, en me cachant fous celui de
la fille d'un Emir de Samarcand *,
je ne crois pas, Seigneur, devoir
vous laiffer ignorer, que je fuis la
fille unique du Roi de Thuluphan,
& que l'on me nomme Gul-hindy .... Jufte Ciel, s'écria le faux
Prince en l'interrompant ! quoi
vous êtes cette aimable Gul-hindy, dont la Renommée a publié
la beauté dans tout l'Orient ? c'eft
pour vous, Madame, que je quitte la Cour du Roi mon pere ! c'eft

* Samarcand eft la Capitale de la Province de
Mauvaralnahar en Tartarie.

par rapport à vous que je fuis par
par des raisons qui me defefpe-
rent ! & c'eft vous que je trouve en
ces lieux. Ah ! ma Princeffe, continua-t'il, les yeux remplis de
larmes, & le défefpoir peint fur le
vifage, pourquoi faut-il que nous
ne foyons pas nés l'un pour l'autre ! O fouverains Arbitres de
toutes chofes ! vous qui connoiffez le fond de mon cœur, que
vous ai-je donc fait pour le tourmenter fi cruellement? Et toi, perfide Amour, pourquoi y allumer
une flâme fi prompte & fi vive,
puifque tu fçais bien l'impoffibilité qu'il y a de l'éteindre ? Oüi ma
Princeffe, je vous adore, mais je
ferai obligé de vous fuïr : mon
pere vient d'envoyer des Ambaf-
fadeurs au Roi Mochzadin qui
doivent vous demander en mariage pour moi. L'ancienne amitié
qui regne entre ces deux Monar-

ques me fait croire que le Roi de
Tuluphan ne refusera pas celui
d'Ormus ; mais adorable Gul-
hindy , je vous le repete encore,
quelque chose qui puisse arriver,
& quand notre grand Prophete
même s'en mêleroit , je ne puis
être uni avec vous , quoique je
donnasse tout mon sang pour être
en état d'avoir ce bonheur.

VIII.

QUART-D'HEURE

PRINCE, reprit alors la fein-
te Gul-hindy, que ce discours
jettoit dans un étonnement extrême, je ne pénétre point les raisons qui vous font me parler ainsi,
mais ce qui offenseroit peut-être
une autre que moi , est justement
ce qui me fait vous estimer davan-

tage ; sçachez que je n'ai pas moins
de sujet que vous de fuïr le mariage que l'on me prépare, & que ce
que je viens d'apprendre m'éloi-
gnera pour toûjours de la Cour
du Roi mon pere. Et bien, belle
Princesse s'écria alors le faux Prince, fuïons donc ensemble, & sous
des noms empruntés, cachons à
toute la terre un Prince & une
Princesse, dont je suis sûr que la
perte cause bien des larmes aux
Rois de Tuluphan & d'Ormus:
mais, Madame, continua-t'il,
puisque par une fatalité cruelle je
ne puis être à vous, j'en atteste
notre grand Prophete, je ne serai
jamais à personne. Je vous aimerai d'une maniere toute pure &
sans esperance, & je n'aurai jamais d'autre objet de mes desirs
& de ma gloire, que la charmante Gul-hindy. Que je serois heureux, poursuivit il encore, si vos

sentimens s'accordoient si bien
avec les miens, qu'il n'y eût que
la seule mort qui pût résoudre une
si belle union ! Mais je m'égare :
pardonnez, Madame, ces transports indiscrets : quoi, parce que
je ne puis vous posseder, faut-il
que vous priviez un Prince plus
heureux que moi, de ce qu'il y a
de plus beau dans la Nature? Oüi,
Seigneur, reprit la fausse Gulhindy en rougissant, je vous permets de croire, que ce que vous
me proposez m'est agréable. Puisque les Astres s'opposent à notre
union, jamais je n'engagerai mon
cœur qu'au seul Prince d'Ormus ;
qu'une amitié inviolable nous
joigne, si l'Amour par un caprice
cruel a entrepris de nous séparer.

Enfin, Seigneur, continua Ben-
Eridoün, ces deux Amans malheureux d'ignorer la condition
l'un de l'autre, mais heureux par

la fympatie qui fe trouvoit entre
eux, & par la tendreffe reciproque
que Geoncha leur avoit infpirée.
Ces deux Amans, dis - je, après
une converfation fort vive, fe jurerent une amitié à l'épreuve de
tout ce qui pouvoit arriver ; &
après avoir remonté fur leurs chevaux, ils s'éloignerent enfemble de
cette charmante Prairie.

Ils avoient marché plufieurs
jours fans qu'il leur fût arrivé rien
de particulier, lorfqu'ils apperçu-
rent à l'entrée d'une Forêt de Palmiers, un Palais d'une ftructure
antique, mais qui paroiffoit pourtant magnifique dans fa fimplicité.
Un homme d'une vieilleffe vénérable étoit à la porte de ce Palais.
Il les aborda : Mes enfans, leur
dit-il, avec une extrême douceur,
la nuit approche, il n'y a nulle
Ville ni Village à plus de fix lieuës
à la ronde, ni aucunes habitations

où vous puissiez passer la nuit : si
vous voulez entrer dans ce Palais,
vous vous y reposerez tranquillement, & demain vous continuerez
votre voyage.

Le Prince & la Princesse char-
més de l'honnêté de leur Hôte,
acceptèrent ses offres ; ils entrerent dans le Palais, où ils trouverent une femme d'environ soixan-
te ans, & d'une simplicité égale à
celle de son mari : elle s'efforça de
les recevoir le mieux qu'elle put,
& l'on servit quelque tems après
un repas très - propre, mais sans
prodigalité, quoique les viandes
n'y fussent pas épargnées. Sur la
fin du repas le Vieillard renvoya
les Esclaves qui avoient servi à
table, & ayant prié ses Hôtes de
lui conter le motif de leur voyage,
& par quelle raison ils se trou-
voient dans une route qui étoit
absolument détournée du grand

N iiij

chemin. Cheref-Eldin prit la parole : Helas ! Seigneur, dit-il au Vieillard, il eſt facile en peu de mots de vous donner cette ſatisfaction. Nous ſommes frere & ſœur, & nous fuïons de Samarcand pour éviter la perſecution d'un Viſir, qui, non content d'avoir ôté cruellement la vie à notre pere, après s'être emparé de tous ſes biens, en veut encore à nos jours.

Les méchans ſont à craindre, reprit le Vieillard, mais tôt ou tard ils périſſent malheureuſement : j'en ai eu dans ma famille une triſte expérience ; & ce n'eſt que depuis quelques années que j'ai recouvré la tranquillité que deux de mes fils m'avoient ôté par leurs crimes. Gul-hindy s'attendrit en voyant couler des larmes, qu'un tendre ſouvenir arrachoit des yeux de ce bon Vieillard. On ſoulage quelquefois ſa douleur en

racontant le fujet qui l'a fait naître, lui dit - elle, & fi ce n'étoit
point trop exiger de vous, nous
vous fupplirions, Seigneur, de
vouloir nous en faire le récit. Volontiers, mes chers enfans, repliqua le Vieillard : Si vous m'avez
vû verfer des larmes, ce ne font
pas tout-à-fait des larmes de douleur ; elles expriment plûtôt la
joye que je reffens aujourd'hui de
voir mes malheurs finis. Ecoutez-
moi feulement avec attention.

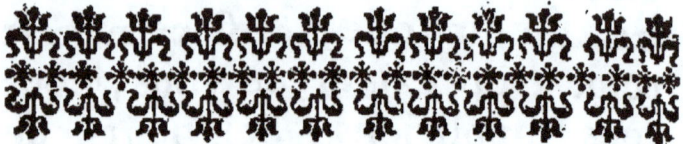

HISTOIRE

De Badour le Tranquille, Roi de Caor.

JE suis né Souverain de Caor,* Royaume assez borné, & que l'ambition ne m'a point fait étendre, aimant mieux conserver la paix avec mes voisins, que de hazarder de me détruire par des guerres injustes ; c'est pourquoi l'on m'a surnommé Badour le Tranquille. J'époufai dans ma jeunesse la Princesse Zarad que vous voyez, dont j'eus plusieurs enfans, entr'autres un fils & une fille qui naquirent en même jour.

* Caor, Royaume de l'Inde, de là le Gange.

J'appellai mon fils Abouzaïd , &
ma fille fut nommée Dajara : je
vous parle de ces deux-ci les premiers , quoiqu'ils ne soient pas mes
aînés , & même que je ne les aye
eû que dans le tems que Zarad
n'esperoit presque plus d'être mere ; mais c'est que ce sont eux qui
ont heureusement reparé toute l'a-
mertume que leurs freres avoient
versé sur ma vie. De mes deux autres fils , l'un s'appelloit Saletk le
Violent , à cause des excès qu'il
commettoit tous les jours , & je ne
sçai de qui il tenoit : il y a apparence que nosDieux nous l'avoient
donné , ainsi que son frere , pour
éprouver notre vertu : l'autre se
nommoit Azem ; son humeur
n'étoit pas bien differente de celle
de Saletk , & le penchant que l'un
& l'autre avoit au mal , les unissoit
tellement , qu'ils étoient toûjours
ensemble. Je recevois chaque jour

156 *Les mille & un quart-d'heure,*
des plaintes de leur mauvais dé-
portement : & s'ils avoient été de
fimples particuliers, je les aurois
mille fois fait fervir d'exemple à
mon peuple, à qui leurs crimes les
avoient rendus odieux ; mais la
qualité de pere me retenoit le bras.
Enfin mes remontrances continuelles les fatiguerent tant, qu'ils
refolurent tous deux de s'éloigner
de ma Cour, & je benis mille fois
l'heure qu'ils executerent ce deffein.

Il y avoit déja plus de quatre
mois qu'ils étoient partis, & je
commençois à m'eftimer heureux
d'être délivré de leur prefence,
lorfque je fus frappé du coup le
plus rude que jamais pere puiffe
reffentir.

Guhullerou, Princeffe de Nangan, * venoit d'époufer le Roi

* Nangan, Ville fur la Riviere de Chang dans
la Province de Quangfi dans la Chine.

Rusang-Gehun. Ce Prince n'étoit
plus jeune, mais son humeur
agréable & complaisante reparoit
ce que l'âge lui avoit ôté de merite ; & il vivoit avec son épouse
dans une union si parfaite, qu'elle
servoit d'exemple à tous ses Sujets.

Saletk passoit par les Etats de
ce Monarque ; il en fut reçû, ainsi
que son frere, avec beaucoup de
distinction : Rusang-Gehun les retint même plusieurs jours logés
dans le Palais ; mais l'imprudence qu'il eut de leur faire voir trop
souvent la belle Guhullerou, lui
coûta la vie. Saletk devint amoureux à l'excès de cette Princesse.
Il la connoissoit trop sage pour esperer jamais qu'elle recompensât
ses folles ardeurs ; mais peu ac-
coûtumé à vaincre ses passions, il
résolut de les satisfaire à quelque
prix que ce pût être ; & pour y
parvenir, il conçut le plus noir

deſſein que l'on puiſſe jamais s'i-
maginer, & engagea ſon frere
Azem à lui prêter la main pour
l'executer.

Un ſoir qu'ils ſe promenoient
avec le Roi de Nangan & ſon épouſe, dans un bois qui étoit au bout
des Jardins du Palais, ils ſe jetterent bruſquement ſur ce Prince,
qui n'avoit qu'un petit ſabre à ſon
côté, & leur rage ne lui donnant
pas le tems de ſe mettre en défenſe, ils le percerent de vingt
coups de poignards, & ſoit par
mépris ou par cruauté, ils laiſſe-
rent les inſtrumens odieux de leur
crime dans le corps ſanglant de ce
malheureux Prince.

Guhullerou en ce moment fit
des cris qui alloient juſqu'au Ciel,
mais ces Barbares la ſaiſirent, &
étant ſortis dans la campagne par
une porte dont ils avoient gagné
l'Eunuque qui la gardoit, ils fai-

ſoient tous leurs efforts pour la mettre en crouppe ſur leurs chevaux que ce malheureux leur tenoit tout prêts, lorſqu'une vingtaine de Soldats de la Garde du Roi, attirés par les cris de Guhullerou arriverent en cet endroit.

I X.

QUART-D'HEURE,

UN ſecours ſi peu attendu, effraya Saletk & Azem, ils furent contraints d'abandonner la Reine, & chercherent leur ſalut dans la fuite. On courut vainement après eux : ils étoient bien montés, ils ſe ſauverent, & emmenerent avec eux celui qui les avoit aidé à éxecuter leur infame deſſein.

On ne peut exprimer quelle fut la douleur de Guhullerou : ses plaintes pénétrerent jusqu'aux Cieux, elle fit emporter le corps sanglant de son mari , & au lieu de faire observer toutes les cérémonies funébres qui sont en usage à la Chine, elle se contenta de l'embaumer elle-même, & le fit enfermer ensuite dans un cercüeil d'or, qu'elle orna de ses bijoux les plus précieux. Elle y joignit sa chemise sanglante , & les poignards dont il avoit été assassiné, & jura ensuite solemnellement entre les mains des Bonzes * de venger la mort de son époux, non seulement sur ses meurtriers , mais encore sur toute leur famille. Elle partit ensuite *incognitò* avec le Prince Kiahia son frere & douze Esclaves dévoüés à la mort pour

* Les Bonzes sont des especes de Prêtres Chinois,

ses

P. Hucaille f.

ses intérêts, dans le deffein d'exécuter cette cruelle réfolution.

Mes fils ne s'attendoient pas à
une pareille fureur : fans être tou-
chés d'aucuns remords, ils ne fon-
geoient qu'à s'éloigner d'un Pays
où ils fçavoient être en exécration;
mais ils ne porterent pas loin leur
crime. A quelques journées du
lieu où ils l'avoient commis, le
cheval de Saletk s'étant abbatu
fous lui, il eut la cuiffe caffée, &
fon frere Azem étant allé à la Ville la plus prochaine, pour lui
chercher un prompt fecours, ce
malheureux fut porté dans une
maifon voifine.

Guhullerou, qui, fans perdre de
tems, fuivoit fes meurtriers comme à la pifte, arriva par hazard
dans cette maifon ; elle ignoroit
que Saletk fût fi près d'elle ; mais
fur la fin de fon repas, s'étant fait
apporter le cercüeil d'or pour re-

nouveller , fuivant fa coûtume,
fes cruels fermens , elle fut dans
une furprife fans pareille de voir
le corps de fon époux jetter plufieurs gouttes de fang : Jufte Ciel !
s'écria cette Princeffe , mes affaf-
fins doivent être en ce lieu , alors
fe levant de table comme une fu-
rieufe , elle prit dans chaque main
un des poignards qui avoient fait
perdre la vie à Ruffang-Gehun ;
& après avoir avec fon frere & fes
douze Efclaves , parcouru une
partie de la maifon , elle arriva enfin dans la chambre où repofoit
Saletk. Sa vûë la tranfporta de rage : Perfide , lui dit-elle en ce moment : il eft tems que tu fois puni
du crime exécrable que tu as commis envers mon époux : les fup-
plices les plus longs & les plus
cruels , feroient encore trop doux
pour un fcélérat tel que toi ; mais
ma vengeance ne feroit pas plei-

nement fatisfaite fi je la differois
d'un moment, ou fi j'en commet-
tois le foin à un autre : alors fans
lui donner le tems de répondre à
des reproches fi légitimes, elle lui
enfonça mille fois fon poignard
dans le cœur : & après lui avoir
fait couper la tête, & expofer fon
corps aux Vautours, elle fortit
de cette maifon, laiffant l'Hôte
effrayé de fa cruauté. Comme elle
fçut de lui que mon autre fils étoit
allé à la Ville la plus prochaine,
& que fur ce qu'il tardoit trop,
l'impatient Saletк avoit envoyé
au-devant de lui un Efclave qu'il
avoit, elle prit la route qu'il devoit tenir ; & les ayant arrêté dans
un petit bois par où il falloit qu'ils
paffaffent neceffairement, elle fit
au malheureux Azem le même
traitement qu'à fon frere, & fit
expirer le traître Eunuque, com-
plice de leur crime, dans les

tourmens les plus cruels.

Je fus auffi furpris qu'effrayé, en apprenant cette trifte nouvelle ; je ne pouvois blâmer la vengeance de Guhullerou , quelque tendreffe que j'euffe pour mes enfans ; mais je penfai mourir de douleur en voyant leurs têtes fanglantes , qu'elle m'envoya dans une caiffe avec une lettre remplie de menaces , de me faire périr ainfi avec le refte de ma famille.

Abouzaïd , le feul fils qui me reftoit , reffentit autant de trifteffe que moi de la mort de fes freres : Seigneur , me dit-il , nous n'avons à combattre qu'une femme irritée , & qui ne nous attaquera pas par la force : permettez que je prenne foin de vos jours, & de ceux de la Reine , & que je tâche à vous garantir d'un péril qui me fait trembler pour vous & pour elle.

Ma douleur étoit si excessive, poursuivit Badour, qu'elle m'ôtoit l'usage des sens : Faites ce que vous jugerez à propos, lui dis-je, mon cher Abouzaïd, pour moi, je vais dans le fond de mon Palais pleurer éternellement les mauvaises actions de vos freres, & prier nos Dieux qu'ils veüillent les oublier. Je fis ensuite redoubler ma garde, & je me renfermai aussi-tôt dans l'intérieur de mon Palais avec la Reine mon épouse, accompagné seulement de trois ou quatre des Principaux de ma Cour qui ne voulurent point me quitter dans mon désespoir.

Mon fils, après avoir preparé tout ce qu'il falloit pour le voyage qu'il méditoit, aborda la Princesse Dajara : ma chere sœur, lui dit-il, vous n'ignorez pas à quel point est montée la fureur de Guhullerou ; notre vie n'eſt point en ſûreté dans ces lieux, allons chercher enſemble les moyens de garantir le Roy & la Reine de ſes cruelles menaces. Le célebre Génie Geoncha, protecteur de tous les malheureux, habite dans un Palais ſuperbe qui eſt au pied de la fameuſe Montagne Jubal-Aſſumoüm, * j'ai réſolu pendant que mon pere eſt renfermé dans ſon Palais, d'aller implorer le ſecours de ce Roi des Génies : Partons donc, ma chere Dajara, & ſous des habits qui cachent notre qualité, allons remedier aux maux que nos malheureux freres ont attiré ſur nos têtes.

Abouzaïd & Dajara avant que

---

* C'eſt-à dire Mont de Poiſon, parce que cette terre inſpire le chagrin à ceux qui la ſentent ; elle leur noircit même la langue, enſorte qu'elle demeure noire le reſte de leur vie, & ce qui fait qu'on approche rarement de cette Montagne qui eſt ſituée entre la Coraſſanne, la Chine & une partie des Indes.

de partir nous embrasserent tendrement. Après plus d'un mois de
chemin, ils arriverent dans une
vaste campagne entrecoupée d'un
grand nombre de ruisseaux ; comme la chaleur étoit extrême, &
qu'il y avoit un bois assez éloigné
du lieu où ils étoient, & qui paroissoit d'une grande étenduë, ils
y entrerent assez avant, & s'y re-
posoient à l'ombre avec deux Esclaves qui composoient tout leur
train, lorsqu'ils entendirent un
bruit épouvantable, comme d'u-
ne grosse roche qui roulleroit du
haut d'une montagne. Ils tourne-
rent les yeux de tous côtés sans appercevoir le sujet qui causoit ce
bruit ; mais s'étant avancés dans
le bois, ils connurent qu'il procedoit d'une espece de Citerne couverte d'une pierre fort mince ;
mais scellée à quatre endroits d'un
cachet, sur lequel étoit écrit le

nom du Grand Salomon. * Ils entendirent alors diminuer le bruit
horrible qui les avoit effrayé d'a-
bord : à ce bruit succederent les
plaintes suivantes: »Perfide Zelou-
» lou, traître Génie, faut-il que tu
» abuse du sceau de Salomon, pour
» me retenir enfermé en ces lieux,
» & le malheureux Geoncha sera-
» t-il long-tems renfermé dans les
» entrailles de la terre, sans avoir
» mérité un sort si cruel ?

Au nom de Geoncha mes en-
fans tressaillirent de joye: Roi des
Génies, lui cria Abouzaïd, voici
un Prince qui voudroit te donner
du secours au dépens de sa vie;
instruis-moi de quelle maniere je
dois m'y conduire : Tu n'as, répondit le Génie enfermé, autre
chose à faire qu'à lever cette pierre, en ôtant le plus adroitement

___

* Les Orientaux attribuent de grandes vertus
au Cachet de Salomon.

qu'il

qu'il te fera poſſible l'empreinte du ſceau du Grand Salomon. Abou-zaïd tranſporté de joye, leva le cachet ſans le rompre, ainſi que le lui avoit expreſſément marqué le Génie. Une épaiſſe fumée s'éleva auſſi-tôt juſqu'aux nuës, & s'éten-dant audeſſus de la Cîterne, y for-ma un broüillard ſi noir, que le Prince & la Princeſſe ne ſe voyoient plus.

X.

QUART-D'HEURE.

L'Obſcurité qui regna tout d'un coup dans le bois, cau-ſa beaucoup de frayeur au Prince & à la Princeſſe ; mais le broüil-lard s'étant réüni, devint dans le moment un corps ſolide, dont ſe forma le Génie.

Abouzaïd & Dajara ſe jetterent

promptement aux pieds de Geoncha : Nous allions vous chercher
jusques dans votre Palais, lui dit
le Prince mon fils : j'esperois, puis-
fant Roi des Génies, que fans
être fujet aux funeftes accidens de
la Montagne Jubal-Affumoüm
la porte m'en feroit ouverte par la
vertu des fecrettes paroles que m'a
autrefois enfeigné le Jogue Kay-
kofkao, * & fans lefquelles tout

* Les Jogues ou Joguis, parmi les Indiens,
font comme des Pellerins ou Religieux vaga-
bonds, qui cherchent ordinairement les Déferts
& la folitude. Ils vivent d'aumônes, & font en
très grande réputation de fainteté, parce qu'ils
paffent plufieurs jours dans des abftinences très-
aufteres, quelquefois fans boire & fans manger.
Il y en a qui fe tiennent plufieurs années à la porte des Temples tout nuds, & expofés à toutes les
injures de l'air, fans jamais quitter leur pofte
que pour les neceffités de la nature : avec ces
mortifications, ils ne laiffent pas la plûpart d'être
de grands impofteurs, & ne fe font pas tant diftinguer par cette fauffe pieté, que par le moyen
de quelques herbes ou fimples, & de quelques
pierres dont ils ont appris la vertu dans leurs
voyages, & dont ils fe fervent pour amufer les
peuples.

mortel qui a cette témerité tombe
dans une langueur plus à craindre que la perte de la vie.

Je loüe Dieu, interrompit le Génie, de vous avoir conduit en ces
lieux pour m'y rendre la liberté
que le perfide Zéloulou m'avoit
ôtée depuis près de douze ans par
un trait de la malice la plus noire ;
mais je ne ferai point ingrat d'un
fi grand fervice.

Ce malheureux Génie, pourfuivit Geoncha, pour fe venger
de ce que je détruis affez fouvent
les injuftes projets qu'il forme contre de jeunes Princes & de jeunes
Princeffes qu'il perfécute pour fon
feul plaifir, s'y eft pris de cette maniere. Comme il fçait que fa puiffance eft très-inferieure à la mienne, il a volé fans doute par fubtili-
té au bon Roi Zif l'anneau du
Grand Salomon, dont il ne fe fervoit que pour faire du bien à tout

le monde, & s'en étant ainfi rendu
le maître, il vint me trouver, me
demanda pardon de tous les chagrins qu'il avoit donné tant de
fois aux perfonnes que je prote-
geois, & me pria de lui accorder
mon amitié, avec des proteſta-
tions ſi ſinceres en apparence, que
je ne pus la lui refuſer.

A près notre réconciliation ,
nous nous promenions enſemble
dans ce bois, lorſque m'ayant in-
fenſiblement conduit vers cet endroit, il ſe repoſa ſur les bords de
cette Cîterne ; alors le traître qui
ne cherchoit qu'à me ſurprendre, ayant demandé à voir un Carquan de diamants que je portois
au col , le laiſſa tomber dans la
Cîterne en feignant de me le rendre. Je m'y jettai auſſi-tôt pour reprendre mon Carquan : c'etoit où
le perfide m'attendoit. Il profita de
ce moment , couvrit promptε-

ment la Cîterne avec cette pierre, & la fcella du fceau du Grand
Salomon. Jugez, Prince, de ma
furprife , pourfuivit Geoncha ;
les efforts inutils que je fis pour
fortir de cette prifon me firent
bien connoître qu'il n'y avoit qu'u-
ne puiffance auffi fuperieure qui
pût avoir la force de m'y retenir : & ce lieu eft fi écarté , que
je comptois y demeurer plufieurs
fiecles ; mais puifque je vous ai
l'obligation d'une liberté fi peu efperée , vous pouvez croire, Seigneur, que ma reconnoiffance fera fans bornes.

Le Génie , pourfuivit Badour,
ayant fait connoître alors à mon
fils qu'il n'ignoroit pas le fujet de
fes peines, le prévint fur le fecours
qu'il en efperoit.

La mort de vos freres étoit jufte, lui dit-il , & Guhullerou ne
devoit pas moins faire que de fa-

crifier ces fcelerats à l'ombre de
fon époux ; mais je modererai le
vif reffentiment qui l'agite, & dès
ce moment vous n'avez plus à
craindre de la fureur de cette
Princeffe.

Alors ayant remis la pierre fur
l'embouchure de la Cîterne, il y
rétablit l'empreinte du fceau de
Salomon, afin que Zéloulou ne
s'apperçût pas de fon évafion, &
par fon pouvoir y ayant formé un
bruit pareil à celui qu'il y faifôit
dans le tems de fa prifon, il embraffa le Prince & la Princeffe, &
les enlevant à travers l'air avec
une extrême rapidité, il les vint
pofer dans une charmante prairie
qui étoit fur les frontieres de mes
Etats. Je ne vous quitterai point,
leur dit-il, que je ne vous aye rendu heureux ; mais comme il faut
que je me cache au traître Zéloulou, pour lui enlever l'anneau de

Salomon, je ne paroîtrai point à
vos yeux tel que je fuis, & je vais
me renfermer dans un fi petit volume, que la belle Dajara pourra
me porter aifément à fon côté, &
vous n'aurez qu'à fouhaiter que
je reprenne ma premiere forme,
ou que j'obéiffe à vos ordres pour
que je les exécute dans le moment
même. Le Génie alors s'étant dif-
fipé en fumée, la Princeffe ma
fille trouva à fes pieds une boëte
d'or, à laquelle pendoit une chaî-
ne de pareil métail. Elle l'ouvrit
précipitamment, & eut tout fujet
d'être furprife en y voyant à travers d'un criftal, des refforts qui
marquoient toutes les fonctions
interieures du corps humain : elle
l'attacha à fon côté.

Le Génie, pourfuivit Badour,
avoit donné à mes enfans des habits magnifiques, & leur avoit
recommandé de ne plus cacher

leur qualité. Ils avoient déja traversé quelques Villes de mon
Royaume , lorsqu'un soir étant
arrivés dans une espece de village , où la nuit les obligea de s'arrêter , ils heurterent à la porte de
la maison qui avoit le plus d'apparence. Ils y furent assez bien re-
çûs , mais au moment qu'ils en-
troient dans la chambre qu'on venoit de leur préparer, trois Cavaliers Chinois voulurent s'en emparer pour une Dame qui étoit à
la porte dans un Palanquin. Mon
fils ne se fut pas plûtôt fait connoître pour le Prince de Caor, que
ces trois hommes lui cederent la
place, sortirent de la maison, &
menerent la Dame loger ailleurs.

Mes enfans après le repas chercherent à se reposer, & le sommeil regnoit déja profondement
dans leur chambre, lorsque ces
trois mêmes Cavaliers Chinois, la

Princesse Guhullerou (qui étoit
la Dame du Palanquin) son frere,
& le reste de ses domestiques, arriverent à la porte de la maison où
étoient Abouzaïd & Dajara. Elle
avoit tressailli de joye en apprenant qu'ils étoient si près d'elle ;
mais voulant leur donner le tems
de s'endormir, ce ne fut que quand
elle jugea à peu près qu'ils joüissoient d'un sommeil tranquille
qu'elle fit heurter à la porte de la
maison où ils étoient.

A peine le maître de cette maison eut-il ouvert, qu'il se vit un
poignard sur la gorge, avec menaces de lui ôter la vie s'il faisoit
le moindre bruit : Nous n'en voulons , lui dit Guhullerou , qu'à
deux perfides que tu as retiré chez
toi, & qui se font passer pour les
enfans du Roi de Caor : Livre-les
à notre vengeance, sinon tu pé-
riras à l'instant.

L'hôte effrayé fut obligé de les conduire à la chambre d'Abouzaïd & de Dajara, déplorant en lui-même le triste fort qu'il voyoit bien qu'ils alloient avoir.

La Reine de Nangan, pourfuivit Badour, à ce qu'elle m'a avoüé depuis, faifoit alors de terribles réflexions. Elle étoit combattuë par les remords de l'injuftice qu'elle alloit commettre : oublie que tu es femme, fe difoit-elle en ce moment, ou du moins fouviens-toi que tu es femme offenfée : alors ayant donné un de fes poignards à Kiahia, & s'armant de l'autre, ils entrerent dans la chambre de mes enfans, & quoique d'une main tremblante, ils alloient executer leur cruelle réfolution, lorfque chacun d'eux jettant les yeux fur la perfonne qu'ils avoient à maffacrer, ils fentirent retenir leurs bras par une puiffance fuperieure.

Jamais Guhullerou ne fut plus
interdite, qu'en confidérant la
régularité des traits d'Abouzaïd ;
& les charmes de la Princeffe de
Caor éblouïrent tellement Kiahia
qui lui alloit percer le cœur, que
le poignard lui tomba des mains.

Guhullerou fut un peu plus
long-tems à fe rendre ; mais le
Génie Geoncha qui veilloit au
falut de mes enfans, achevant
de toucher le cœur de la Reine
de Nangan, elle éveilla le Prince
mon fils : Rendez graces, lui dit-
elle, au mouvement fecret qui
me défarme ; le défir de ma vengeance s'évanoüit, & je me fens
amollir le cœur au moment que j'y
penfois le moins : Alors fe tournant vers fon frere : Pour vous,
lui dit-elle, mon cher Kiahia, je ne
vois que trop que l'extrême beauté de la Princeffe a faite une forte
impreffion fur votre ame ! Que

je vous fçai bon gré de cette heu-
reufe fympatie ; je ferois morte de
douleur fi vous aviez executé une
partie de notre injufte réfolution;
& je commence à fentir que je
pouffois trop loin la cruauté; les
véritables coupables font punis,
la mort de mon époux eft fuffi-
famment vengée.

Dajara s'éveilla en ce moment;
elle fut effrayée de voir tant de
monde dans fa chambre. Puiffant
Roi des Génies, s'écria-t-elle, venez promptement à notre fecours.

Elle n'eut pas prononcé ces paroles, que la boëte d'or s'ouvrant
d'elle-même, la chambre fut remplie d'obfcurité, qui fe diffipant
peu à peu, laiffa voir le redouta-
ble Geoncha. Un fecours fi
prompt fit trembler Guhullerou
& Kiáhia, ils commençoient à
craindre pour leur vie, lorfque
le Génie les raffura avec une extrême bonté.

№ I.

QUART-D'HEURE.

OUbliez, Madame, dit Geoncha à Guhullerou, oubliez
la mort d'un époux que vous avez
aſſez vengée ; qu'Abouzaïd &
Dajara ſoient entre vous les liens
d'une paix éternelle ; & que le
champ de bataille ſoit converti
en lit nuptial. Guhullerou avoit
d'abord été ſi ſurpriſe à l'aſpect
du rédoutable Génie, qu'à peine
avoit elle entendu ce qu'il venoit
de lui dire ; mais Abouzaïd qui
dans un inſtant avoit été frappé
de l'éclat de ſa beauté, s'étant jetté à ſes pieds : laiſſez-vous toucher, Madame, lui dit-il, d'un
air très-ſoûmis ; je m'eſtimerai le
plus heureux des mortels, ſi mes

soins, mon respect, & l'amour
le plus tendre, peuvent un jour
vous déterminer à me donner la
place d'un Prince que vous avez
tout lieu de regretter.

Guhullerou se laissa fléchir en
ce moment, continua Badour;
elle releva Abouzaïd, & Dajara
touchée des vives expressions du
Prince, Kiahia lui fit connoître
qu'elle ne seroit point rebelle à
mes volontés, si je consentois à
ce mariage.

Le Génie alors ayant ordonné
à ces quatre nouveaux Amans &
à toute leur suite de le prendre par
sa robbe, il les transporta en un
moment dans mon Palais, où enfin après que la Reine de Nangan
eut donné quelque tems pour la
bien-séance de son veuvage, elle
épousa Abouzaïd, & le même
jour Kiahia devint le mari de la
Princesse ma fille.

Ce double mariage remit le calme dans mon cœur, & j'eus tant de joye de voir la tranquillité rétablie dans ma famille, qu'apprehendant que mon repos ne fût troublé davantage par quelque accident, je résolus avec la Reine mon épouse de me retirer dans ce Palais champêtre, bâti par le puissant Geoncha, où délivrés d'une Grandeur importune, & sous la protection de ce Roi des Génies qui s'est retiré dans une Isle invisible, jusqu'à ce qu'il ait trouvé l'occasion favorable de se venger du traître Zéloulou, nous jouïssons la Reine & moi d'une vie tranquille & paisible.

SUITE DE L'HISTOIRE

De Cheref-Eldin, & de Gul-Hindy.

LA nuit s'avançoit, pourſuivit Ben-Eridoün, & Badour après avoir achevé ſon Hiſtoire, voyant que ſes hôtes avoient beſoin de repos, les conduiſit chacun dans un appartement ſéparé. Celui qu'il donna à la véritable Gul-Hindy étoit d'une propreté ſans égale, & orné de Tableaux peints par un Indien, égal en mérite au fameux Many. * Cet Indien étoit ſi excellent dans ſon Art, & dans le ménagement des couleurs &

---

* Many, célébre Peintre Chinois, dont il eſt très-ſouvent parlé dans les Livres Orientaux.

des

des ombres, qu'il auroit pû exprimer avec son pinceau l'halei-
ne même, & la respiration des
choses animées. L'on voyoit dans
l'un de ces Tableaux un Char de
triomphe tout embrasé, sur lequel
paroissoit un enfant portant une
Sphere sur la tête, & le visage
éclairé de rayons qui le rendoient
majestueux : ses mains étoient gar-
nies de fléches enflammées ; il
avoit un Carquois sur ses épaules,
un sabre à son côté, & traînoit en-
chaîné après son Char un nombre
infini de personnes de tous âges,
de tous sexes, & de toutes conditions ; on lisoit sur leurs visages &
dans leurs attitudes, les passions
les plus vives.

Ce célébre Peintre s'étoit sur-
passé dans cet ouvrage, & par
un rafinement d'esprit qui n'appartenoit qu'à lui seul, les vents
qu'il avoit peint aux extremités

du Tableau , paroiſſoient retenir
leurs haleines , & n'oſer reſpirer
de peur d'augmenter les flammes
répanduës ſur ce chef-d'œuvre.

Gul-hindy regarda ce Tableau
avec attention : elle ſoûpira &
rougit en même tems. Elle jetta
la vûë ſur un autre, au bas duquel
elle lut ces Vers :

D'une tendreſſe illégitime
Koka * reſſentit les effets ,
Elle aima Cyne, * & ſes attrais
Ne purent engager ſon frere dans un
crime ,
Plus il la fuit avec horreur ,
Plus elle ſuit avec ardeur.
Mais voyant que ſa courſe eſt vaine,
De douleur elle fond en eau ;
Et Vichnou * touché de ſa peine,

* Il y a apparence que l'Hiſtoire de Koka & de
Cyne , n'eſt autre choſe que la Fable de Biblis &
de Caüne , que les Indiens ont accommodé à leur
fantaiſie.

* Vichnou ou Ram , eſt un des principaux
Dieux des Indiens.

En sçut former une fontaine,
Où l'amour criminel éteignit son
flambeau.

Jamais on n'avoit rien vû de
plus beau, ni de plus touchant
que cette Péinture : mais quelque
délicatesse de pinceau que l'on y
remarquât, la Princesse en dé-
tourna les yeux. Elle en rencon-
tra une autre plus intéressante par
rapport à l'état où elle se trouvoit : elle representoit l'Histoire
de Fork * & d'Onam : elle lut
avec attention leurs avantures ; &
accablée de mille réfléxions cruelles : Juste-Ciel ! s'écria-t-elle, faut-
il donc que tout ce qui se présente
à ma vûë, nourrisse une passion
dont la suite ne peut m'être que
funeste. J'aime, mais qui aimai-

---

* Il faut croire que c'est la Fable d'Iphis &
Janre, ainsi que l'on peut juger par la suite de
cette Histoire,

je ? une fille comme moi ? C'eſt cet obſtacle invincible qui redouble mon amour ! Ah ! malheureuſe Princeſſe, ne forme que des ſouhaits legitimes, & n'aime que ce qu'une femme peut aimer ſans crime, puiſque la Nature s'oppoſe à tes folles ardeurs. Mais, le diſoit-elle auſſi-tôt, l'exemple de Fork qui s'offre à mes yeux, ne peut-il me raſſûrer dans le trouble où je ſuis ? Pourquoi reſſentirois-je une paſſion auſſi extravagante, s'il ne devoit pas ſe faire un pareil miracle en ma faveur ? Fork étoit une aimable fille, le Dieu Vichnou, dont elle implora le ſecours, en fit en un moment le plus charmant de tous les hommes : Ah ! je m'égare, continua Gulhendy, fuyons cet adorable objet, c'eſt l'unique remede à mes maux. Pourquoi fuïr, reprenoit-elle auſſitôt ? quel mal y a-t-il donc à ai-

mer la Princeſſe de Tuluphan ?
Non, non, ne cherchons point le
crime où il n'y en peut avoir, &
ſoutenons avec honneur le per-
ſonnage que je ſuis contrainte de
faire aujourd'hui.

Gul-hindy paſſa preſque toute
la nuit dans ces réfléxions : & ſe
levant à la pointe du jour, elle deſ-
cendit dans le Jardin pour y promener ſes inquiétudes. Elle trouva ouverte une petite porte qui
rendoit dans une Foreſt : elle y
entra, & s'éloignant inſenſible-
ment, ſa rêverie la conduiſit vers
un endroit où le bois étoit fort
touffu ; elle s'y aſſit, & fatiguée
d'avoir ſi mal paſſé la nuit, elle
s'endormit profondément.

Cheref-Eldin étoit agité d'une
pareille paſſion : la nuit lui parut
extrêmement longue ; & à peine
vit-il paroître l'Aurore, que ſau-
tant en bas du lit, ſur lequel il

s'étoit seulement jetté, il prit son arc & ses fléches, & passant du Jardin dans le bois, il suivit, sans le sçavoir, la même route qu'avoit tenuë Gul-hindy, & marchoit avec assez de précipitation, lorsqu'il entendit un petit bruit dans un endroit écarté. Il s'en approcha de plus près, & voyant remuer le feüillage, il s'imagina que c'étoit quelque bête fauve dans son fort, & tira à tout hazard une de ses fléches.

X I I.

QUART-D'HEURE.

QUel fut l'étonnement de Cheref-Eldin, poursuivit Ben-Eridoün, quand il oüit un cri pitoyable, qui partoit d'une personne dont la voix lui étoit

connuë ; son cœur fut atteint de
la douleur la plus vive, il courut
promptement vers cet endroit,
& trouva qu'il venoit de blesser
celui qui l'avoit delivré du Géant.

De quelle horreur & de quel
désespoir le Prince ne fut-il point
saisi à la vüe de son Liberateur
tout en sang, ses yeux furent trou-
blés d'une obscurité qui l'empêchoit de voir ce que sa main venoit de commettre : malheureux
arc, s'écria-t-il, malheureuse fléche ; mais plûtôt malheureux
Prince ! meurs, & porte la peine
de ton indiscretion. En prononçant, Seigneur, ces dernieres paroles, Cheref-Eldin alloit se tra-
verser l'estomac d'une de ses fléches, lorsqu'il entendit soupirer
son ami ; il quitta aussi-tôt le dessein de mourir pour sauver des
jours qui lui étoient si chers, il
courut l'embrasser, fondant en

larmes, & voulant étancher le
fang qui couloit de la playe qu'il
lui avoit faite à la poitrine, il demeura immobile en voyant qu'il
venoit de bleffer une fille : il penfa
expirer de douleur à cette découverte : O ciel ! dit-il, les yeux baignés de larmes, falloit-il qu'une
avanture auffi tragique me fît connoître la plus charmante perfonne
de l'univers : mais reparons s'il fe
peut mon erreur : alors déchirant
la mouffeline du turban de Gul-
hindy, il en arrêta du mieux qu'il
put le fang qui couloit abondamment de fa playe : il chercha enfuite vainement l'ame de cette
Princeffe fur des lévres où la pâ-
leur de la mort étoit peinte : elle
ne donnoit aucun figne de vie;
mais comme il y avoit un ruiffeau
qui couloit à quelques pas, il y
courut, & en apportoit de l'eau
dans le turban de la Princeffe,

quand

quand il la vit entre les bras d'un homme affreux.

Cheref-Eldin à cette vûë ne balança pas à mettre le fabre à la main, & fe difpofoit à combattre cette efpece de Monftre, qui grandiffoit à vûë d'œil, lorfqu'il lui cria d'une voix terrible : Arrête, jeune temeraire, fi tu ne veux toi-même être le bourreau de cette Princeffe, à qui je vais tordre le col au moindre mouvement que tu feras. Ah ! barbare, s'écria le Prince, que tu fçais bien profiter de mes tendres frayeurs, fans cela je t'arracherois la vie, ou je périrois glorieufement en fecourant la divine perfonne que tu m'enleves avec tant de lâcheté. Je crains peu tes menaces, répondit le Raviffeur ; fçache que l'on me nomme Zéloulou, & que je fuis un des plus puiffans Génies de la terre: Je me fis un plaifir au moment de

ta naiſſance & de celle de cette
Princeſſe, de traverſer votre vie.
Je fis un échange de vous deux,
je te tranſportai dans le berceau
de la Princeſſe de Tuluphan, & je
l'apportai dans le tien : Vous de-
viez être heureux enſemble ſi
vous aviez été juſqu'à l'âge de dix-
ſept ans ſans vous connoître l'un
l'autre pour ce que vous êtes, tu
viens malheureuſement pour toi
de découvrir le ſexe de cette Princeſſe avant le terme preſcrit, c'eſt
ce qui la met en ma puiſſance, &
tu ne dois plus eſperer de la revoir
tant que je ſerai ce que je ſuis.

Zéloulou ayant alors diſparu
avec Gul-hindy laiſſa le Prince
dans un déſeſpoir ſi violent, que
réſolu de ne plus ſurvivre à ſon
malheur, il tourna bruſquement
la pointe de ſon ſabre vers lui, &
alloit s'en percer le cœur, lorſqu'il
ſe le ſentit arracher par une main
inviſible.

Géoncha qui veilloit fans ceſſe
fur les malignes actions de Zéloulou, & en empêchoit les ſuites autant qu'il le pouvoit, crut qu'il
étoit tems de ſecourir le Prince
d'Ormus : il le déſarma donc au
moment qu'il alloit attenter à ſa
vie, & ſe préſentant devant lui
ſous la figure d'un vieillard majeſtueux : Cheref-Eldin, lui dit-
il, moderez un peu la violence de
vos paſſions, & profitez des avis
ſolutaires d'un Génie de vos amis.
C'eſt moi qui préſidai à votre naiſ-
fance, & à celle de Gul-hindy :
c'eſt moi qui réſolu de vous unir
enſemble, formai entre vous de ſi
beaux nœuds, & vous inſpirai cette tendreſſe ſi prompte & ſi réci-
proque ; mais comme vous n'avez
pû éviter l'un & l'autre, ce qui eſt
écrit ſur la Table de Lumiere,
attendez avec patience le moment
qui peut vous rejoindre à votre

Princeſſe : & par une ſoumiſſion
parfaite aux volontés du Ciel,
meritez le ſort heureux qu'il vous
prépare peut-être.

Le Prince ſe ſentit conſolé par
ces paroles : Puiſſant Génie, dit-
il, en ſe jettant aux pieds de Géoncha , puiſqu'il faut ſe ſoumettre
ſans murmure , apprenez-moi du
moins ce que je deviendrai en attendant cet heureux moment ?
Vous ſentez-vous , Prince , répliqua le Génie , aſſez de courage
pour affronter la mort pour votre
Princeſſe ; c'eſt l'unique moyen
d'abreger vos malheurs , ou de
perir glorieuſement pour elle ?
Ah ! c'eſt m'offenſer que d'en douter , répondit Chéref-Eldin , je
ſuis prêt à ſacrifier mille vies pour
poſſeder l'adorable Gul-hindy , &
la mort la plus terrible n'eſt pas
capable de me détourner d'un auſſi noble deſſein. J'admire votre

intrépidité ; répondit Géoncha ,
donnez-moi la main, vous allez
être bientôt satisfait : le Prince
tendit la main au Génie ; il frappa du pied , la terre s'ouvrit : ils
enfoncerent l'un & l'autre dans
fes abîmes les plus creux , &
le trouverent dans une Caverne
dont l'iſſuë donnoit dans une
campagne ornée de mille fleurs
differentes, qui conduiſoit par une
allée de Palmiers dans un Palais
magnifique, dans lequel ils entrerent.

Pour venir à bout de vous rendre votre Princeſſe, dit alors le
Génie au Prince Cheref-Eldin,
il faut que je commence par reprendre la ſuperiorité que j'ai naturellement ſur le malin Zéloulou : je ne puis y parvenir qu'en lui
enlevant adroitement l'anneau de
Salomon que ce perfide a ſans
doute dérobé au bon Roi Zif ; &

pour en venir à bout, j'ai befoin
d'un Prince tel que vous, & qui
veüille s'expofer fans crainte à une
mort prefque certaine : voici de
quelle maniere il faut vous conduire.

Il y a dans l'Ifle de Gilolo * une
fource appellée la Fontaine d'Oubli, inconnuë à tous les mortels.
Il y a peu de Sages même, & de
Génies, qui fçachent précifément
où eft cette Fontaine ; & quand
ils le fçauroient, ils en ignorent la
doze, ce qui eft le point principal,
puifque l'on trouve le remede
dans le mal même ; & que fuivant la quantité que l'on en boit,
elle ôte & rend la memoire. Cette
eau eft gardée par un Génie nommé Nehoray , qui étrangle fans
miféricorde tous ceux qui en ap-

* Gilolo eft une Ifle de la Mer des Indes , la Ville capitale de cette Ifle eft Gilolo , qui donne auffi
fon nom à un Royàume d'affez grande étenduë.

prochent ; mais comme il tient
toute son autorité de moi, il ne
m'a point refusé d'eau de cette
Fontaine : en voici une bouteille
suffisante pour ce que je puis en
avoir besoin : la difficulté est de la
présenter au perfide Zéloulou, &
pas un des Génies de ma dépendance n'a voulu accepter cette
commission, tant le pouvoir de
l'anneau de Salomon les fait trembler. Avez-vous, Prince, assez
de fermeté pour entreprendre
une action aussi périlleuse ? Il y va
de votre vie, & peut-être de celle
de votre Princesse, si Zéloulou
s'apperçoit que vous le vouliez
tromper, mais si vous parvenez
par adresse à lui faire boire de l'eau
de la Fontaine d'Oubli, vous de-
viendrez dans le moment même
possesseur de la Princesse de Tuluphan.

Cheref Eldin, continua Ben-

Eriodoün, accepta fans héfiter la proposition de Géoncha, & ce Génie l'ayant fait paffer dans un Salon fuperbe, le fit entrer dans un bain.

XIII.

QUART-D'HEURE.

IL n'y avoit pas une demie heure que le Prince étoit dans l'eau, lorfqu'il s'apperçut d'un changement en fa perfonne qui l'effraya, il en fortit promptement, & fe couvrant avec précipitation d'un linge très-fin : Ah ! Génie, s'écria t-il, que veut fignifier cette nouvelle métamorphofe ? Géoncha fe prit à rire : quoi donc, dit-il, au Prince qui étoit alors changé en la plus belle fille que l'on pût ja-

mais voir, & dont les traits étoient
tous differens de ceux qu'il avoit
étant homme, avez vous déja regret aux promesses que vous venez de me faire, & le sexe que je
viens de vous donner pour quelque tems seulement, vous fait-il
renoncer à la charmante Gul-
hindy ? Allez Prince, exécutez
ponctuellement ce que je vais vous
prescrire ; je vous remettrai bien-
tôt après en votre premier état.

Le Génie, Seigneur, ayant
alors instruit le Prince de ce qu'il
devoit faire quand il seroit avec
Zéloulou, il lui donna l'eau d'Oubli, & le transporta en moins de
quatre minuttes auprès de la retraite ordinaire de ce perfide Génie.

Zéloulou dont le pouvoir étoit
borné à l'égard de Gul-hindy,
après avoir guéri sa playe d'un seul
soufle, l'avoit renfermé dans une

Tour obscure, & sortoit pour
aller chercher nouvelle matiere à
ses malins plaisirs, lorsqu'il ren-
contra Cheref-Eldin, qui couché
sur l'herbe, feignoit de joüir d'un
profond sommeil. Le Génie après
l'avoir consideré avec une extrême attention, avoüa en lui-même
qu'il n'avoit jamais vû une si belle
fille. Il en devint passionnément
amoureux ; & se faisant une idée
charmante du bonheur qu'il y auroit d'en être aimé, il prit la figure d'un jeune homme de vingt ans,
d'une beauté presque égale à la
sienne ; il l'enleva, la transporta
dans son Palais, & attendit son réveil pour lui déclarer l'extrême
passion qu'il ressentoit pour elle.

Cheref-Eldin qui étoit préparé
à ce qui pouvoit lui arriver, joüa
parfaitement bien son rôle. Il fit
d'abord l'affligé, répandit quantité de larmes, & ensuite par de

feintes réfiftances enflamma tellement Zéloulou , que ee Génie ,
qui de moment en moment fentoit
redoubler fa paffion pour ce Prince, qu'il prenoit pour une fille ,
lui déclara qui il étoit , & lui offrit de partager fon pouvoir avec
elle, fi elle vouloit répondre à fa
tendreffe. La fauffe Princeffe feignit d'être ébranlée par la grandeur de ces promeffes, & par le
mérite perfonnel du Génie ; elle
demanda pour s'y réfoudre quelques jours qu'elle lui promit de
paffer avec lui , & Zéloulou aveu-
glé par fa paffion, & fans avoir le
moindre foupçon qu'elle cherchât
à le tromper, réfolut d'attendre
ce fortuné moment, & de procu-
rer jufqu'à ce tems à cette belle
fille mille plaifirs qui puffent l'engager à la reconnoiffance. Pour
commencer il fit fervir une colla-
tion magnifique , & lui préfentant

d'un vin exquis, elle s'excufa d'en
goûter, & dit au Génie qu'elle ne
bûvoit que de l'eau qu'elle portoit
toûjours avec elle ; mais que cette eau étoit d'un goût fi excellent
qu'elle furpaffoit les vins les plus
délicats : le Génie en parut furpris : permettez-moi, Madame, de
douter d'une chofe fi peu vrai-
femblable, reprit-il, jufqu'à ce
que j'en aye fait l'experience ;
vous en allez juger par vous-même, repliqua le Prince d'Ormus :
alors ayant verfé dans une coupe
d'or autant d'eau qu'il en falloit
pour ôter la mémoire, Zéloulou
ne l'eut pas plûtôt bûë, qu'il devint comme hebêté.

Cheref-Eldin voyant l'opéra-
tion de fa liqueur, étoit dans une
joye difficile à exprimer ; il fit des
careffes fi vives au Génie, qu'é-
mu par les charmes de cette belle
fille, il avoit peine à fe contenir

auprès d'elle , & vouloit à toute
force l'embraſſer , lorſque le re-
pouſſant mollement , elle lui dit
qu'elle ne conſentiroit point à ſes
déſirs , à moins que pour gage d'u-
ne tendreſſe éternelle il ne lui fit
préſent de la bague qu'il avoit au
doigt.

Zéloulou en ce moment , & par
la vertu de l'eau qu'il venoit de
boire , oubliant de quelle conſé-
quence il lui étoit de conſerver
l'anneau de Salomon , que toutes
les puiſſances du monde ne lui auroient pû ôter malgré lui , tira cet
anneau de ſon doigt , & le préſenta à ſa nouvelle maîtreſſe. Elle ne
l'eut pas plûtôt en ſa poſſeſſion ,
que lui verſant un ſecond verre de
la même eau , mais dont la doze
devoit lui rendre la mémoire, elle
le pria avec inſtance de vouloir le
boire pour l'amour d'elle , & l'aſſu-
ra qu'il ne lui auroit pas plûtôt

donné cette derniere marque de
sa complaisance qu'elle n'hésite-
roit plus de satisfaire sa passion.

Quelque peu de goût que le Génie eût trouvé dans la liqueur
qu'il avoit déja bûë, comme il étoit
si transporté à la vûë de cette charmante fille, qu'il n'étoit plus le
maître de ses volontés, il avala sans
balancer l'eau qu'elle lui présen-
toit ; mais quelle fut sa rage le
moment d'ensuite, lorsque Cheref-Eldin disparut à ses yeux, de
s'appercevoir qu'il n'avoit plus
l'anneau de Salomon, & de se sou-
venir qu'il s'en étoit privé lui-même, en le donnant à la Dame
dont les faux charmes l'avoient si
cruellement trompé. Il s'abandonna alors au désespoir le plus violent, & blasphemoit encore contre les intelligences suprêmes, lorsque Cheref-Eldin ayant donné à
Géoncha l'anneau dont il venoit

de s'emparer si subtilement, ce
Roi des Génies se transporta dans
le moment même au lieu où le
perfide Zéloulou faisoit encore de
tristes regrets de la perte qu'il venoit de faire. Quoique le sceau de
Salomon, dont avec une extrême
surprise, il vit Géoncha possesseur, dût l'humilier, & l'engager
à recourir à sa clémence, il osa
encore se révolter contre lui, &
oubliant qu'il étoit son Roi, il eut
la témerité de le défier au combat ;
mais Géoncha se servant alors de
toute sa superiorité, & du pouvoir
immense que lui donnoit l'anneau
divin, dont il étoit possesseur, le
combat ne fut pas de longue durée : il annéantit le traître Zéloulou : & après avoir transporté
dans son Palais le Prince d'Ormus ; pendant qu'il le fit entrer
dans un autre bain qui lui rendit
sa premiere forme, il alla tirer la

belle Gul-hindy de sa prison, & les
embraffant tous deux, il les porta
en un inftant dans le Palais du Roi
de Tuluphan.

Mochzadin & Riza qui pleu-
roient la perte de leur chere fille,
& qui, fuivant la prédiction de
Géoncha, comptoient ne la revoir jamais, penferent mourir de
joye à une vûë fi peu efperée ; le
Génie leur apprit avec un étonnement extrême, l'erreur dans laquelle ils avoient toûjours été par
la malice de Zéloulou, le peril
dans lequel leur fille veritable s'é-
toit trouvée, ainfi qu'il leur avoit
prédit, au moment de fa naiffance, l'anéantiffement du malin Génie : & leur ordonna d'unir fur le
champ Cheref-Eldin & Gul-hindy par les nœuds les plus faints,
puifqu'auffi-bien ç'avoit été l'intention du Roi d'Ormus.

Le Roi & la Reine de Tuluphan,

phan, continua Ben-Eridoüin, ne
voulurent pas differer d'un moment le bonheur du Prince & de
la Princeſſe ; & ces illuſtres Epoux,
ſous la protection du grand Géoncha, paſſerent le reſte de leur vie
dans une union parfaite ; & joüi-
rent d'un bonheur, qui juſqu'à la
fin de leurs jours, ne fut interrompu par aucun évenement fâcheux.

Ben-Eridoüin ayant alors achevé de conter les avantures de Cheref - Eldin & de Gul - hindy, le
Roi d'Aſtracan lui témoigna la
ſatisfaction qu'il en avoit reçüë.
J'aurois voulu pourtant, ajoûta
ce Monarque, qu'il y eût eu un
peu plus de merveilleux dans le
dénoüement de cette Hiſtoire ;
il me ſemble que le Génie Zéloulou donne avec bien de la facilité
dans le piége qu'on lui tend, &
que Cheref-Eldin vient trop ai-
ſément à bout de lui enlever l'an-

neau de Salomon. Seigneur, reprit Ben-Eridoün, je n'ai point in-
venté cette Hiſtoire, & j'ai eu
l'honneur de la raconter à votre
Majeſté telle que je l'ai lûë dans
un de nos Auteurs Arabes. Après
tout, l'amour eſt une paſſion ſi
violente, & qui ôte tellement l'u-
ſage de la raiſon, aux perſonnes
même les plus ſages, qu'elle les
rend ſemblables au commun des
hommes.

J'en conviens, repliqua le Roi,
& je conçois en ce moment qu'il
auroit été aſſez difficile d'arracher
Gul-hindy des mains de Zéloulou, par un autre moyen que par
l'aveugle paſſion qu'il reſſentit
pour Cheref-Eldin, qui repré-
ſentoit une ſi belle fille. Ce Génie,
par le ſecours du ſceau de Salomon, pouvoit être en garde contre toutes les ſurpriſes, il n'y a-
voit gueres qu'un amour auſſi

prompt & auſſi vif, qui pût en venir à bout, & cette réflexion me
fait connoître qu'il eſt fort aiſé de
critiquer, mais que la plûpart du
tems il eſt difficile de faire mieux.

Cela eſt vrai, Seigneur, répondit Ben-Eridoün, mais puiſque
votre Majeſté n'a pas été d'abord
tout-à-fait contente de la fin de
cette Hiſtoire, je vais lui en conter une dont je ſuis ſûr que le dénoüement lui plaira fort ; & par
le merveilleux & par le plaiſant
qui s'y trouve.

Perſonne n'a encore mieux
réüſſi que toi à me divertir, repliqua le Roi d'Aſtracan ; commence donc cette Hiſtoire, puiſque j'ai encore quelques momens
à te donner. Ben-Eridoün pour
obéïr à ſon Prince, parla en ces
termes.

HISTOIRE

Des trois Boſſus de Damas.

SOus le Caliphat de Watik-
billah *, petit-fils d'Haroün
Arreſchid, il y avoit à Damas*
un Vieillard nommé Behemrillah qui avoit beaucoup de peine
à gagner ſa vie à faire des Arcs
d'acier, des épées, des ſabres &
des lames de coûteaux. De treize
enfans qu'il avoit eû d'une ſeule

---

* Ce Calif qui demeuroit à Bagdad, ne regna
que cinq ans & quelques mois, & mourut l'an
845.

* Damas eſt une Ville de Sirie au pied du Mont
Liban, à quarante lieuës d'Alep. C'eſt une des
plus anciennes du monde. Elle eſt ſur la petite
Riviere de Barda : il s'y fait un grand commerce
de Coûteaux, d'Arcs & de Sabres, & l'Acier de
Damas eſt fort eſtimé.

femme, il y en étoit mort dix en
une année : mais les trois qui lui
restoient, étoient d'une figure si
singuliere, qu'on ne pouvoit les
regarder sans rire ; ils étoient bof-
sus par devant & par derriere,
borgnes de l'œil gauche, boiteux
du pied droit, & se ressembloient
si parfaitement de visage, de taille
& d'habits, ce qu'ils affectoient ordinairement, que leur pere & mere s'y méprenoient quelques fois.

XIV.

QUART-D'HEURE.

DEs trois fils de Bebemrillah,
reprit le lendemain Ben-Eridoün, l'aîné se nommoit Ibad, le
second Syahouk, & le troisiéme
Babekan ; & ces trois petits Bossus
ne travailloient presque jamais

dans leur boutique qu'ils ne ser-
viffent de rifée aux jeunes enfans
qui alloient & venoient par la
Ville.

Un jour que le fils unique d'un
riche Marchand , nommé Mourad * , revenoit de la promenade
avec quelques jeunes gens de fon
âge , comme il fe fentoit plus fort
que de coûtume , il s'appuya fur
le bord de la boutique des trois
Boffus , & les infulta fi vivement,
que Babekan qui travailloit en ce
moment à une lamme de coûteau,
perdit toute patience ; il courut
après ces jeunes enfans, choififfant
parmi eux fon ennemi principal,
il lui en porta un coup dans le
ventre , & fe voyant pourfuivi par
la populace , il fe fauva dans fa
boutique qu'il ferma promte-
ment fur lui.

* Mourad en Arabe fignifie defir.

Comme Mourad étoit dange-
reusement blessé, on s'empara de
toutes les avenuës de la maison de
Behemrillah, en attendant que le
Cadis * que l'on étoit allé chercher, arriva. Il y accourut avec
ses Azzas; * & ayant fait enfon-
cer les portes qu'on refusoit d'ouvrir, il entra dans la boutique,
& demanda à ceux qui avoient
été témoins de l'action qui venoit
de se commettre, lequel des trois
Bossus étoit l'Assassin. Aucun
d'eux ne put discerner si c'étoit
l'un plûtôt que l'autre ; ils étoient
en tout si semblables qu'ils s'y
tromperent. Le Cadis interrogea
Ibad, il assura que ce n'étoit pas
lui qui avoit blessé ce jeune hom-

* Les Cadis dans tout l'Orient, sont les Juges
des causes civiles & criminelles. Ils connoissent
même aussi des affaires qui concernent la Religion.
* Les Azzas sont des especes d'Archers qui
accompagnent ordinairement les Cadis.

me ; mais qu'il ne pouvoit dire fi
c'étoit Syahouk ou Babekan ; Sia-
houk soûtint la même chose, &
Babekan se voyant hors de danger, eut la hardiesse de nier aussi
qu'il eût aucune part dans cette
action.

Le Cadis se trouva alors très-
embarrassé ; il n'y avoit qu'un coupable, il en paroissoit trois ; & aucun ne s'avoüoit pour l'Auteur du
crime : il crut qu'il ne pouvoit
mieux faire que d'informer le Roi
de Damas d'une affaire aussi singuliere. Il fit conduire les trois
Bossus devant son Trône, & le
Prince les ayant interrogé lui-même sans en pouvoir tirer la vérité,
il ordonna, pour tâcher de la découvrir, qu'on leur donnât à chacun cent coups de bâtons sur la
plante des pieds. On commença
par Syahouk & ensuite par Ibad,
mais chacun d'eux ignorant si c'é-

toit Babekan qui étoit criminel,
tant il y avoit entr'eux de reſſem-
blance, ils ſouffrirent la baſtona-
de, ſans que le Roi en fût plus
ſavant. Babekan n'en fut pas quitte à meilleur marché; comme il
étoit juge en ſa propre cauſe, il
ne crut pas à propos de convenir
du fait, il proteſta de ſon innocence, & le Roi n'aïant pû connoître l'Auteur véritable du crime, & ne voulant pas punir de
mort deux innocens avec un coupable, ſe contenta de les bannir
tous trois de Damas à perpetuité.

Ibad, Syahouk & Babekan furent obligés d'exécuter promptement cette Sentence. Ils ſortirent
de la Ville, & après avoir déli-
beré entr'eux quel parti ils pren-
droient, Ibad & Syahouk opine-
rent qu'ils ne devoient point ſe
quitter; mais Babekan leur ayant
repreſenté qu'en quelque endroit

Tome I.   T

218 *Les mille & un quart-d'heure,*
qu'ils allassent, tant qu'ils seroient
ensemble, ils tomberoient tou-
jours dans le même inconve-
nient en servant de risée au public, & que s'ils étoient séparés on
feroit beaucoup moins d'attention
à chacun d'eux. Cette raison pré-
valut sur le sentiment des deux autres; ils se quitterent, & prenant
tous trois une route differente,
Babexan après avoir parcouru
plusieurs Villes de Sirie, arriva
enfin à Bagdad, * où j'ai déja eu
l'honneur de dire à votre Majesté,
que regnoit le Caliphe Watikbil-
Jah, petit fils d'Haroün-Arref-
chid.

Ce petit Bossu ayant sçû qu'il y

* Bagdad ou Bagdet Ville d'Asie sur le Tigre
dans la Province d'Hierac : plusieurs l'ont con-
fonduë avec l'ancienne Babilonne, mais sa si-
tuation doit détruire cette opinion; car Babilonne étoit sur l'Euphrate, & Bagdad est sur le Tigre,
C'a été long tems la demeure ordinaire des Ca-
liphes d'Egypte.

avoit dans cette Ville un Coûtelier affez en réputation, fe pre-
fenta à lui pour avoir de l'ouvrage ; il lui dit qu'il étoit de Damas,
& qu'il avoit un fecret tout particulier pour tremper l'acier. Le
Coûtelier voulut effayer fi Babeкan étoit auffi habile qu'il fe vantoit de l'être, il le reçut dans fa
Boutique , & ayant effectivement connu, que non feulement
l'acier qu'il employoit étoit une
fois plus dur & plus tranchant
que celui dont on fe fervoit ordinairement à Bagdad , mais encore
que fon ouvrage étoit beaucoup
plus délicat & plus fini , il le retint
à fon fervice, & lui fit toute forte
de bons traitemens pour fe le conferver.

Depuis ce tems fa boutique fe
trouva une fois plus remplie de
Marchands. Le petit Boffu ne pouvoit fuffire au travail : le Coûtelier

vendoit tout ce qu'il vouloit ses
arcs & ses sabres ; & s'il n'avoit
point été un yvrogne & un dissi-
pateur, il auroit fait une fortune
très-considérable.

Il n'y avoit guere que deux ans
que Babekan étoit à Bagdad, lorsque son Maître tomba très dangereusement malade d'une grande débauche qu'il avoit faite ; son
corps étoit si usé par le vin, l'eau-
de-vie & les femmes, que tous les
soins de la sienne & ceux de Babekan ne pûrent lui sauver la vie ;
il mourut entre leurs bras.

Quoique Nohoüd, c'est ainsi
que se nommoit la femme du
Coûtelier, ne fût nullement jolie,
il y avoit cependant du tems que
Babekan en étoit amoureux, &
la mort du Maître étant une occasion favorable de déclarer à sa
veuve la passion qu'il ressentoit
pour elle, il ne balança pas à lui

faire connoître ses sentimens.
Elle n'en fut pas trop effrayée;
outre que depuis qu'il demeuroit
avec elle, elle s'étoit accoûtumée
à sa bisare figure; elle consideroit
encore que si Babekan l'abandon-
noit, sa Boutique cesseroit d'avoir
la même réputation, & que le
peu de gain qu'elle avoit fait avec
son mari, seroit bien-tôt dissipé.
Ces raisons la déterminerent en
femme de bons sens à promettre
à Babekan de l'épouser, si-tôt
qu'elle le pourroit faire avec bien-
séance. Elle le fit en effet quelques mois après, & Babekan
non content de son négoce de
Coûtellerie, dans lequel en peu
de tems il fit des gains considerables, se mit encore à faire commerce d'eau-de vie de Datte dont
il avoit un très-grand débit.

Les relations que ce petit bossu
avoit dans plusieurs Villes de l'O-

rient, parvinrent jufqu'aux oreil-
les de fes deux freres, qui après
avoir vêcu pendant près de cinq
ans dans une extrême mifere,
s'étoient enfin rencontré à Derbent, * ils y apprirent avec joye
l'établiffement de Babekan, &
ne doutant point qu'il ne les aidât
dans leur pauvreté, ils prirent la
réfolution d'aller enfemble à Bagdad; ils n'y furent pas plûtôt arrivés qu'ils l'envoyerent chercher
par une pauvre femme qui les
avoit retiré chez elle par charité.

Babekan fut dans la derniere
furprife à la vûë de fes freres : Ne
vous fouvient-il plus, leur dit-il,
en entrant dans une colere extrême, de ce qui nous eft arrivé à Damas, voulez-vous encore me faire
fervir de rifée à toute cette Ville?
je vous jure par ma tête, que je

* Derbent eft une Ville de la Province de Ser-
van en Perfe, au pied du Mont Caucafe.

vous ferai l'un & l'autre expirer sous le bâton, si vous êtes assez hardis pour approcher de ma maison, & si vous ne sortez sans délai de Bagdad.

Ibad & son frere furent étonnés d'une reception à laquelle ils s'attendoient si peu, ils eurent beau representer leur misere à Babekan & user de soumission envers lui, il ne se laissa point attendrir, & tout ce qu'ils en purent obtenir fut dix ou douze pieces d'or, pour les aider à aller chercher retraite dans quelqu'autre Ville.

Babekan étant retourné chez lui, sa femme s'apperçut de quelque alteration sur son visage ; elle lui en demanda la cause avec douceur, elle apprit qu'elle procedoit de l'arrivée de ces deux freres, & que craignant à Bagdad les mêmes railleries qu'il avoit essuyé à Damas, il leur avoit interdit sa maison, & les avoit obligé de sortir de la Ville.

Nohoüd eut beau lui representer la dureté de son procedé, la colere de son mari redoubla à ses remontrances. Je vois bien, lui dit-il, que vous seriez d'humeur à les recevoir ici pendant le voyage que je dois faire à Balsora ; * mais je veux que vous sçachiez, si cela vous arrivoit, qu'il iroit de votre vie : je ne vous en dis pas davantage, craignèz seulement de me désobéïr.

* Balsora ou Bassora, Ville capitale d'un Royaume du même nom, à l'entrée de l'Arabie deserte, sur les confins de la Province d'Hierac, à douze lieuës du Golphe Persique : on peut aller & revenir de Bagdad à Balsora en quinze jours.

XV.

QUART-D'HEURE.

A femme de Babekan connoissoit trop l'humeur violente de son mari pour le contredire; elle avoit assez souvent éprouvé combien sa main étoit pesante. Elle lui promit qu'elle executeroit très-ponctuellement ses ordres; mais ces promesses ne rendirent pas Babekan plus tranquille; il passa presque toute la nuit sans dormir, & étant retourné le lendemain à la pointe du jour chez la femme où avoient logé ses freres, il y apprit avec beaucoup de joye qu'ils venoient de sortir de Bagdad, dans le dessein de n'y revenir jamais.

Ibad & Syahouk étoient effec-

tivement partis dans la résolution
d'aller chercher fortune ailleurs,
mais le dernier étant tombé malade à deux journées de Bagdad,
& se trouvant obligé d'y séjour-
ner près de trois semaines, leur
argent fut promptement dépensé,
ils se virent bien-tôt dans leur premiere misere, & ne sçachant ou
donner de la tête, quelque severe
défense que leur eût fait Babekan, ils prirent le parti de retourner à Bagdad, revinrent trouver leur Hôtesse, & la prierent
d'aller encore chez leur frere,
pour tâcher de l'engager à les recevoir chez lui, ou tout au moins,
pour en obtenir quelque argent,
qui pût fournir aux frais de leur
voyage.

Cette femme ne put refuser de
leur rendre ce service ; elle alla
chez Babekan, & ayant appris à
sa boutique, qu'il étoit parti il y

avoit déja douze jours , pour aller
à Balſora , retirer pluſieurs balles
de marchandiſes , elle retourna
promptement annoncer cette
nouvelle à ſes Hôtes , que la né-
ceſſité preſſoit ſi fort , qu'ils ne ba-
lancerent pas un moment à aller
eux-mêmes implorer le ſecours de
la femme de leur frere.

Nohoüd ne put les méconnoître , ils étoient en tout ſi ſemblables à Babekan , qu'il n'y avoit
perſonne qui ſéparément n'eût
pris chacun d'eux pour lui ; mais
quelques défenſes qu'il lui eût
fait de leur donner entrée chez
elle , elle fut touchée de leur miſere & de leurs larmes : elle les
reçut , & leur fit apporter à manger. Il étoit déja nuit ; à peine
Ibad & Syahouk avoient-ils raſ-
ſaſié leur premiere faim , que l'on
heurta aſſez fort à la porte de la
ruë ; la voix de Babekan qui ſe fit

entendre , & qui ne devoit revenir de trois jours, fut un coup de
foudre pour fa femme & fes freres ; ils étoient plus pâles que la
mort, & Nohoüd qui ne fçavoit
où les mettre pour les fouftraire à
la colere de fon mari , s'avifa de
les cacher dans un petit caveau ,
derriere cinq ou fix piéces d'eau-
de-vie.

Babekan s'impatienta à la porte,
il redoubla fes coups , on lui ouvrit à la fin , & foupçonnant fa
femme d'avoir chez elle quelque
galant caché, il prit un bâton, &
l'en frappa rudement ; enfuite fa
jaloufie le portant à vifiter toute
la maifon, il chercha avec un foin
extrême, fans fonger à regarder
derriere les tonnes d'eau-de-vie,
quoiqu'il fût entré dans le caveau.
Enfin, Seigneur, pourfuivit Ben-
Eridoün , ce malin Boffu n'ayant
rien découvert s'appaifa un peu :

il ferma toutes les portes dont il
prit toutes les clefs , suivant sa
coûtume , s'alla mettre au lit a-
vec Nohoïid , & le lendemain ne
sortit de sa maison que vers la
priere du soir, disant à sa femme
qu'il souperoit chez un de ses a-
mis. Il ne fut pas plûtôt dehors ,
que Nohoïid courut promptement au caveau ; elle fut dans la
derniere surprise d'y trouver Ibad
& Syahouk sans aucun sentiment:
son embarras augmenta de ne sçavoir ce qu'elle feroit de ces deux
corps , mais prenant son parti sur
le champ, elle ferma sa boutique,
courut chercher auprès du Pont
de Bagdad un Porte-faix de Sivri-
hissar * qui passoit pour un jeune
homme fort niais , & lui ayant

* Sivri-hissar , c'est une petite Ville de la Na-
tolie , dont les Habitans ont la réputation d'être
très simples *Voyez* à ce sujet les bons mots Orientaux , page 15.

conté qu'un petit Boſſu qui étoit venu marchander chez elle quelques coûteaux, y étant mort ſubitement, elle apprehendoit qu'on ne l'inquietât à ce ſujet : elle lui promit quatre ſequins d'or, s'il vouloit le venir prendre dans un ſac, & l'aller enſuite jetter dans le Tigre. Le Porte-faix accepta ſes offres, & Nohoüd l'ayant conduit chez elle, lui donna pour arrhes deux ſequins, le fit boire juſqu'à la nuit, lui fit enfermer ſeulement l'un des Boſſus dans ſon ſac, le lui mit ſur la tête, & lui promit de lui donner les deux autres ſequins, quand elle ſeroit ſûre qu'il auroit fait ſa commiſſion.

Le Porte-faix avec le Boſſu ſur ſes épaules, s'étant rendu ſur le Pont de Bagdad, ouvrit ſon ſac, jetta ſa charge dans le Fleuve, & retournant auſſi-tôt chez Nohoüd: c'en eſt fait, lui dit-il en riant, votre homme fert déja de pâture aux poiffons, donnez - moi les deux fequins que vous m'avez promis. Nohoüd entra alors dans fon arriere-boutique, fous prétexte d'aller chercher de l'argent, mais fortant promptement avec un grand cri, elle feignit d'être évanoüie, le Porte-faix étonné, la prit entre fes bras : il s'informa du fujet de fa frayeur : après l'avoir fait revenir de fon évanoüiffement : Ah ! lui dit cette rufée en joüant parfaitement fon rolle, entrez dans cette falle, vous allez en connoître la caufe. Le Porte-faix étant entré, refta immobile, lorfqu'à la foible lueur d'une lampe, il apperçut le même corps qu'il croyoit avoir porté dans le Tigre. Plus il l'examina, plus fa furprife redoubla. J'ai jetté très-furement ce malheureux Boffu de deffus le Pont, dit-il à Nohoüd,

comment fe retrouve - il encore
ici ? cela ne fe peut faire fans magie : n'importe, continua-t. il, ef-
fayons s'il en reviendra encore:
alors ayant mis le fecond Boffu
dans le même fac, il le porta fur
le Pont, & ayant choifi le lieu le
plus profond du Tigre, il ouvrit
fon fac, & jetta dedans le pauvre
Syahouк. Il revenoit alors plein
de joye vers Nohoüd, ne doutant
point que le Boffu ne fût allé à
fond, lorfqu'en tournant le coin
d'une ruë, il vit venir à lui un
homme qui tenoit à la main une
efpece de lanterne: il penfa mourir
de frayeur à la vûë de Babeкan,
qui, un peu pris de vin, retour-
noit chez lui: il le fuivit pourtant
quelque tems, & voyant qu'il prenoit le chemin de la maifon où il
avoit déja été prendre les deux
Boffus, il le faifit brufquement au
collet: Ah, ah ! compere, lui dit-
il,

il, vous croyez donc me joüer ainfi toute la nuit : voilà déja deux fois que vous vous moquez de moi, mais il y aura bien du malheur, fi vous m'échappez à la troifiéme ; alors comme il étoit vigoureux, il lui jetta fon fac fur la tête, & l'y ayant fait entrer malgré lui, il en lia l'ouverture avec une groffe corde, & courant droit au Pont, il y jetta le Boffu & le fac ; il fut un tems affez confiderable à fe promener aux environs de cet endroit, pour voir fi le Boffu ne reviendroit pas encore le fruftrer de fa récompenfe, mais n'entendant aucun bruit, il retourna chez la Coûteliere, pour lui demander les deux autres fequins qu'elle lui avoit promis. Ne craignez plus qu'il en revienne, lui dit-il en entrant, le drolle vouloit encore rire à mes dépens, & feignoit apparemment d'être

mort, pour me faire ainſi promener juſqu'au jour ; mais je l'ai ſi
bien accommodé cette fois, que
vous ne devez plus apprehender
qu'il retourne jamais à votre maiſon.

Nohoüd ſurpriſe de ce diſcours,
en demanda l'explication au Porte-faix : J'avois, repliqua-t-il, jetté pour la ſeconde fois ce malin
Boſſu dans le Tigre, lorſqu'en
revenant chercher mon ſalaire,
je l'ai rencontré encore à cinq ou
ſix rües d'ici avec une lanterne à
la main, & qui chantoit en con-
trefaiſant l'yvrogne, je ſuis entré
dans une ſi grande colere, que me
jettant auſſi-tôt ſur lui, je l'ai malgré ſa réſiſtance fait entrer dans
mon ſac, que j'ai lié avec une corde, & je l'ai enſuite précipité ainſi
dans le Tigre, d'où je ne crois
pas qu'il puiſſe jamais revenir, à
moins que ce ne ſoit le Dag-

gial * en propre personne.

La femme de Babekan fut dans
une surprise sans pareille à cette
nouvelle : Ah ! malheureux, lui
dit-elle, qu'avez-vous fait, vous
venez pour le coup de noyer mon
mari ; & vous prétendez encore
que je vous récompense de cet ho-
micide ? non, non, je veux venger sa mort, & je vais de ce pas
m'en plaindre au Cadis.

Le Porteur fut peu surpris de
ces menaces ; il crut que Nohoüd
ne les faisoit que pour s'exempter
de lui payer ce qu'elle lui avoit
promis. Trêve de raillerie, lui dit-
il, donnez-moi les deux sequins
que j'ai si légitimement gagné ; il
y a assez long-tems que je vous
sers de joüet, il est heure que je
me retire. La Coûteliere lui ayant
refusé le payement : je jure par ma

* Le Daggial est l'Ante-Christ des Mahometans.

tête, reprit-il, avec une extrême
colere, que si je n'ai sur le champ
deux sequins, je vous envoyerai
bientôt tenir compagnie au Boſſu:
Ah, ah, continua-t-il, j'en ſuis
d'avis que l'on me conteſte encore
mon payement, oh, je ne ſuis pas
ſi ſot que je le parois : je ſerai payé
tout à l'heure, où nous verrons
beau jeu. Plus le Porteur inſiſtoit,
& plus Nohoüd faiſoit retentir le
quartier de ſes cris. Il fut las de
tant de réſiſtance, & l'ayant ſaiſie
par les cheveux, il la traînoit dans
la ruë, & l'alloit jetter dans le Tigre, lorſque quelques voiſins ac-
coururent à ſon ſecours.

Le Porteur eut peur, il ſe ſauva
fort mécontent d'avoir été, à ce
qu'il croyoit trompé par cette
femme, & prenoit le chemin du
Pont pour retourner chez lui, lorſqu'il fut rencontré par trois hommes qui portoient chacun un far-

deau fur leurs épaules, à ce que
l'on pouvoit difcerner dans l'obfcurité. Celui qui marchoit le premier l'arrêta par le bras : où vas-
tu à l'heure qu'il eft, lui dit-il?
De quoi te mêles-tu, répondit le
Porte faix, de mauvaife humeur?
je vais où il me plaît. Tu te trom-
pes fort, repliqua cet homme, tu
iras où il me plaira, prends ce paquet que j'ai fur ma tête, & marche devant moi.

XVI.

QUART-D'HEURE.

LE Porteur furpris de ce difcours, voulut réfifter : mais
cet homme ayant fait briller à fes
yeux un fabre large de quatre
doigts, & le menaçant de lui couper la tête s'il héfitoit à lui obéïr,

il fut contraint de fe charger du
paquet, & de marcher de compagnie avec les deux autres, dont
l'un paroiffoit un Efclave, & l'autre un Pefcheur. Ils n'eurent pas
fait le chemin de dix ruës, qu'ils
arriverent à une petite porte qui
leur fut ouverte dans le moment
par une vieille femme ; ils pafferent par une efpece d'allée fort
obfcure, & arriverent dans un Salon magnifique : mais quel fut l'é-
tonnement du Porteur à la lueur
de plus de quarante bougies, dont
il étoit éclairé, de voir les Boffus
qu'il venoit de jetter dans le Tigre, dont deux étoient fur les
épaules de l'Efclave & du Pêcheur, & le troifiéme qu'il avoit
apporté fur fa tête ; il fut faifi
d'une fi grande frayeur, qu'il
commença à trembler par tout le
corps. Il fe perfuada plus qu'il n'a-
voit fait encore qu'un évenement

auffi extraordinaire ne pouvoit fe
faire fans magie; mais fe remet-
tant un peu de fa furprife : au diable le malin Boffu, s'écria-t il d'un
ton de voix fort plaifant, je crois
que je pafferai toute la nuit à le
jetter dans la Riviere fans venir
à bout de m'en débarraffer ; le co-
quin a eu la malice d'en revenir
déja deux fois pour m'empêcher
de gagner les fequins que la Coûteliere m'a promis, & je le retrouve encore ici en compagnie de
deux autres qui ne valent gueres
mieux que lui ; mais, Seigneur,
continua t il, en s'adreffant à celui qui paroiffoit le maître de la
maifon où il étoit, prêtez-moi, je
vous prie, votre fabre pour un
moment, je ne veux feulement
que leur couper à chacun la tête,
& les aller enfuite jetter tous trois
dans le Tigre, pour voir s'ils en
deviendront encore : je joüe au-

jourd'hui d'un si grand malheur,
que je suis sûr que le diable les
rapporteroit chez la Coûteliere,
ou chez moi.

Le Porteur ayant alors cessé de
parler, le Caliphe Watik-Billah,
car c'étoit lui-même, Seigneur,
qui suivant l'exemple d'Aaroün
Arreschid son ayeul se promenoit
assez souvent de nuit dans Bagdad, pour voir ce qui se passoit,
& juger par lui-même si l'on étoit
content de son Gouvernement.
Ce Caliphe, dis-je, déguisé en
Marchand fut dans la derniere
surprise d'entendre ces paroles du
Porteur : il étoit sorti cette nuit
avec son premier Visir, & ayant
fait la rencontre d'un Pêcheur,
il lui avoit demandé où il alloit. Je
vais, répondit cet homme, retirer
mes filets, qui sont depuis hier matin dans le Tigre. Et que feras-tu
de ta pêche, répliqua le Caliphe ?
Demain,

Demain, lui dit-il, je la vendrai au
Marché de Bagdad, pour aider à
vivre une femme & trois enfans
que j'ai. Veux-tu traiter avec moi
de ce qui peut être dans tes filets,
& des deux premieres fois que tu
les rejetteras à l'eau, repartit Watik-Billah? Très volontiers, répondit le Pêcheur : & bien, lui dit le
Caliphe, voilà dix sequins d'or
pour le premier coup, je t'en don-
nerai autant pour chacun des deux
autres, es-tu content ? Le Pêcheur fut étonné d'une pareille
générosité : il ne sçavoit si c'étoit
un songe ; mais serrant les sequins
dans sa poche : Seigneur, répli-
qua-t-il avec transport, si j'en recevois autant toutes les fois que je
retire mes filets de l'eau, je serois
bientôt plus riche & plus puissant
que le Souverain Commandeur
des Fideles.

Le Caliphe soûrit de cette com-

paraison. Il marcha, jusqu'au bord
du Tigre : entra dans le batteau
du Pêcheur : & avec son Visir l'a,
yant aidé à retirer trois fois ses filets, il fut étonné au lieu de poif-
sons d'y trouver les deux petits Boffus de Damas, & un sac dans
lequel étoit le troisiéme.

Une avanture aussi surprenante
lui donna de l'admiration : puisque cette pêche m'appartient, dit-
il, au Pêcheur, qui étoit aussi surpris que lui, je prétends l'emporter chez moi ; mais il faut que tu
nous prête la main. Cet homme
avoit reçû de trop grandes marques de la liberalité du Caliphe,
pour faire difficulté de lui obéïr.
Le Visir & lui prirent, l'un Ibad,
& l'autre Syahouk par les pieds,
& les jetterent sur leurs épaules ;
& le Caliphe lui-même s'étant
chargé du sac où étoit Babekan,
ils reprenoient le chemin du Pa-

lais, lorfqu'ils rencontrerent le
Porteur, qui depuis quelques momens venoit de jetter les trois Boffus dans le Tigre.

Comme Wati-k-Billah étoit
tout moüillé de l'eau qui fortoit du
fac, il arrêta le Porteur, & l'a-
yant contraint de prendre fa charge, il l'avoit conduit jufqu'à une
maifon qui communiquoit à fon
Palais. Ce fut là, Seigneur, où
le Porteur de Bagdad, par le difcours qu'il tint au fujet des trois
Boffus, ayant excité la curiofité du
Caliphe, il lui ordonna de s'expliquer fur une avanture auffi bifare.

Seigneur, dit alors le Porteur,
l'explication que vous me demandez n'eft pas fi facile qu'on le croiroit bien ; plus j'y penfe, & moins
j'y découvre la vérité de cette
avanture ; à tout hazard je vais
vous raconter la chofe comme je
crois qu'elle m'eft arrivée.

XVII.

QUART-D'HEURE

COnnoiffez - vous, Seigneur,
dit alors le Porteur, la femme d'un Coûtelier qui demeure
au bout de la ruë des Joüailliers?
Non, repliqua le Caliphe. Vous
ne perdez pas grand chofe, reprit
le Porteur : c'eſt la plus maligne
bête qui ſoit dans tout Bagdad :
Tenez, je voudrois pour les deux
ſequins que je poſſede, qu'il me
fût permis de lui appliquer ſeulement à ma fantaiſie cinq ou ſix
gourmades ſur le viſage, pour la
peine que cette forciere m'a donné cette nuit, quoique je ſois bien
pauvre, je m'en irois coucher content : cette Coûteliere donc . . . .
mais vraiment puiſque vous ne

la connoissez pas , je veux vous
en faire le portrait : Imaginez-
vous, Seigneur, voir une grande
femme seiche , dont le tein est
aussi noir qu'une langue de bœuf
enfumée ; elle a le front petit, &
les yeux si enfoncés dans la tête,
qu'il faudroit une lunette d'approche pour les appercevoir : Son nez
a une si grande amitié pour son
menton, qu'ils se baisent toûjours,
& sa bouche qui exalle une odeur
de soulfre, est si grande , qu'elle
ne ressemble pas mal à celle d'un
Crocodille ; tout cela ne compose-
t-il pas une fort jolie personne ?
Assurément , lui dit le Caliphe,
qui, quoiqu'impatient de sçavoir
l'Histoire des trois Bossus , mou-
roit de rire de la description naïve
du Porteur: Tu es un si excellent
Peintre , que je m'imagine voir
cette Coûteliere , & que je gage-
rois la reconnoître entre mille ;

mais pourfuis ton difcours. Et bien
donc, reprit le Porteur, puifque vous la connoiffez à prefent,
comme fi vous l'aviez déja vûë,
imaginez - vous encore voir cette aimable femme couverte d'un
grand voile qui cachoit toutes fes
perfeftions, me venir choifir fur
la brune au bout du Pont entre
cinq ou fix de mes Camarades, &
me promettre à l'oreille quatre fequins fi je veux la fuivre. L'appas
du gain me touche, je vole vers
fon logis, j'y entre avec elle, elle
quitte fon voile : à fon afpeft la
frayeur me faifit, elle s'en apperçoit fans doute, & pour me raffu-
rer, commence par me prefenter
un grand flacon de vin. Je vous
avouë, Seigneur, qu'il étoit excellent, & fans m'informer de
quel Païs il étoit, je vuidai le flacon : je ne le buvois pourtant
qu'en tremblant : je craignois qu'-

elle ne voulût m'enyvrer pour me
débaucher ensuite , & me faire
passer la nuit avec elle, & ce n'é-
toit pas sans fondement que je me
l'imaginois , elle me faisoit assez
de caresses pour me le faire croire.
Après le vin elle apporta sur la table une grosse bouteille d'eau de
vie de Datte ; elle m'en versa
amoureusement un grand verre
que j'avallai sans façon, ensuite
elle me proposa....attendez, Seigneur, je crois ma foi que j'en bûs
deux : Et bois-en six; reprit le Caliphe , & finis si tu peux ton Histoire : Oh, oh, comme vous y allez, Seigneur, l'eau de vie ne se
boit pas si vîte ; elle monte à la
tête, je suis à demi yvre d'en avoir
bû seulement deux verres ; & vous
voudriez après tout le vin que j'ai
dans le corps, que j'allasse encore
boire une bouteille d'eau de vie ;
Non, Seigneur, je n'en ferai rien,

quand même le Souverain Commandeur les Croyans m'en prie-
roit à genoux : mais revenons à
nos moutons, tant y a que la Coûteliere me voyant bien condition-
né, m'a fait entendre qu'un petit
Boſſu qui étoit entré chez elle
pour y acheter quelque ouvrage
de Coûtellerie, étoit mort ſubitement dans ſa boutique, & qu'apprehendant qu'on ne l'accuſât de
l'avoir tué, elle me donneroit les
quatre ſequins qu'elle m'avoit
promis, ſi je voulois l'aller porter
dans le Tigre. Je n'avois pas tant
bû, que je ne vouluſſe être ſûr de
la récompenſe : j'ai demandé deux
ſequins pour arrhes, elle les a
donnés ; J'ai mis le Boſſu dans un
ſac, j'ai executé ſes ordres, & je
venois recevoir le reſte de mon
ſalaire, lorſqu'elle m'a fait voir le
même Boſſu. Je vous laiſſe à pen-
ſer, Seigneur, quelle a été ma

surprise ; je l'ai remis dans le sac,
je l'ai une seconde fois porté sur le
Pont, & choisissant l'endroit le
plus rapide du fleuve, je l'y ai jetté, & je revenois chez la Coûteliere, lorsque j'ai encore rencontré le maudit Bossu avec une lanterne à la main, & qui feignoit
d'être yvre ; je me suis lassé de tant
de plaisanteries, je l'ai brusque-
ment saisi au corps, & le faisant
entrer malgré lui dans mon sac,
dont j'ai lié l'ouverture, je l'ai jetté pour la troisiéme fois dans le
Tigre, comptant que le sac dans
lequel il étoit, l'empêcheroit d'en
revenir : de retour chez la Coûteliere, je lui ai appris la rencontre du Bossu en vie, & de quelle
maniere je m'en étois défait, mais
au lieu de me donner les deux sequins que j'attendois d'elle, elle a
feint de s'arracher les cheveux de
désespoir, & m'a menacé du Ca-

dis, en me disant que j'avois noyé
son mari : je me suis moqué de ses
larmes : j'ai voulu être payé, j'ai
fait du bruit : les voisins sont ve-
nus à ses cris ; je me suis sauvé, &
je revenois chez moi fort triste,
lorsque vous m'avez contraint,
Seigneur, de prendre ce sac sur
ma tête, & de l'apporter jusqu'ici.

XVIII.

QUART-D'HEURE.

Vous pouvez maintenant, Seigneur, pourſuivit le Porteur, deviner facilement le ſujet de ma frayeur, lorſqu'en arrivant en ces lieux, je me ſuis trouvé chargé du même Boſſu, que j'ai déja jetté trois fois dans le Tigre, & que j'en ai vû encore deux autres qui lui reſſemblent ſi fort, que l'on ne peut les diſtinguer que par les habits.

Quoique le Caliphe ne pût pénétrer le fond de cette avanture, il prit un plaiſir extrême au récit du Porteur. Enſuite ayant examiné de plus près les trois Boſſus, il crut appercevoir en eux quelques ſignes de vie ; & ordonna promp-

tement que l'on fit venir un Medecin. Il arriva un moment après,
& reconnoissant qu'Ibad & Sya-
houx rejettoient parmi l'eau
qu'ils avoient avalé, une grande
quantité d'eau-de-vie ; il se douta,
comme il étoit vrai, que leur
yvresse les avoit fait croire morts :
pour Babekan la seule privation
d'air l'avoit presque suffoqué,
mais si-tôt qu'il eut la tête hors du
sac, il revint peu à peu ; de sorte
qu'au bout d'une demie heure ses
freres & lui se trouverent hors de
danger.

Jamais on n'a été si étonné que
le fut Babekan à la vûë de ses
freres, qui étoient couchés sur des
Sophas : il ouvroit de grands yeux,
& ne pouvant comprendre comment il se trouvoit avec eux dans
un lieu inconnu, il se laissa des-
habiller sans dire une seule parole,
pendant qu'on faisoit la même

chofe à Ibad & Syahouᴋ.

Le Caliphe après avoir fait porter les trois Boſſus dans trois
chambres differentes, les fit mettre au lit, & enfermer ſous la
clef. Il renvoya enſuite le Pêcheur, & ayant ordonné au Viſir
de retenir le Porteur, & de lui
faire toute ſorte de bons traitemens, il ſe prépara à ſe donner
du plaiſir aux dépens des Boſſus
& de la Coûteliere qu'il envoïa
arrêter le lendemain à la pointe
du jour.

Pour avoir un divertiſſement
complet, le Caliphe fit faire pendant la nuit deux habits tous pareils à celui qu'avoit Babeᴋan,
lorſque le Porteur l'avoit jetté
dans le Tigre. Il en fit revêtir
Ibad & Syahouᴋ dont l'yvreſſe
étoit entierement diſſipée, & ſe
trouvant tous trois habillés d'une
maniere uniforme, il les fit pla-

cer derriere trois portieres differentes, qui répondoient dans un
Salon magnifique du Palais, &
donna des ordres pour les faire
paroître quand il feroit un certain
fignal.

Le Vifir qui avec le Porteur &
plufieurs Gardes avoit été arrêter la Coûteliere dès le grand
matin, la fit conduire dans le Salon où le Caliphe étoit déja fur
fon Trône. Il l'interrogea fur ce
qui s'étoit paffé entre elle & le
Porteur ; elle lui raconta tout ce
qui lui étoit arrivé fans rien dé-
guifer de la vérité, & lui témoigna
beaucoup de regret de la perte de
fon mari. Mais, lui dit le Caliphe,
n'eft-ce point une Hiftoire faite
à plaifir que tu me raconte ? comment eft-il poffible que ces Boffus
fe reffemblent fi fort, que le Porteur s'y foit mépris ? Ah! Seigneur,
reprit Nohoüd, il étoit à moitié

vvre quand je lui donnai cette
commiſſion ; & de plus, mon mari
& ſes freres étoient en tout ſi
ſemblables, que s'ils avoient été
tous trois vêtus de même, je n'aurois peut-être pas pû moî-même
les diſtinguer. Cela ſeroit fort
plaiſant , dit alors le Caliphe en
frappant des mains ; & je voudrois
être témoin d'une pareille recon-
noiſſance.

C'étoit le ſignal qu'avoit donné
Watik-Billah pour faire paroître
les Boſſus. On leva en ce moment
les portieres, & la Coûteliere pen-
ſa mourir de frayeur à cette vûë :
ô Ciel ! s'écria-t-elle, quel prodige eſt-ce ici , depuis quand voit-
on les morts reſſuſciter ? Eſt-ce
une illuſion , Seigneur, & mes
yeux ſont-ils de ſûrs garens de ce
que je vois ? Tu ne te trompe pas,
repliqua Watik-Billah , de ces
trois Boſſus l'un eſt ton mari, &

les deux autres font fes freres; c'eft à toi à reconnoître celui qui t'appartient; regarde-les bien tous trois, mais je leur défend fous peine de la vie, de parler ni de faire aucun figne.

La Coûteliere étonnée au dernier point, les examina l'un après l'autre; elle ne put jamais diftinguer fon mari, & le Caliphe qui s'y méprenoit pareillement, ordonnant alors à celui des trois qui étoit Babekan de venir embraffer fa femme, fut extrêmement furpris de voir les trois Boffus fauter dans le même moment au col de la Coûteliere, & chacun d'eux affurer qu'il étoit fon mari.

X I X.

X I X.

QUART-D'HEURE.

Bad & Syahouk n'ignoroient pas qu'ils étoient en la presence du Souverain Commandeur des Croyans ; mais quelque respect qu'ils lui dussent, ils ne crurent pas pouvoir mieux se venger de Babekan, qu'en se faisant passer pour lui , & ce dernier eut beau se mettre en colere , ses deux freres s'obstinerent à lui voler son nom.

Le Caliphe ne pouvoit s'empêcher de rire à cette plaisante contestation des trois Bossus ; mais ayant enfin repris son sérieux : il n'y auroit peut-être pas tant de presse parmi vous à vouloir être Babekan, leur dit-il , si vous sçaviez que je ne veux le connoître

qu'afin de lui faire donner mille
coups de bâton pour la dureté
qu'il a eu envers ſes freres, &
pour les défenſes qu'il avoit fait
à ſa femme de les recevoir chez
lui en ſon abſence.

Watik-Billah, Seigneur, continua le fils d'Abubeker, pronon-
ça ces paroles d'un ton ſi ſévere
en apparence, qu'Ibad & Syahouk crurent devoir ceſſer leur
jeu : ſi cela eſt ainſi, Seigneur,
dit chacun d'eux ſéparément,
nous ne ſommes plus ce que nous
ne feignions d'être que pour punir notre frere de ſes mauvais
traittemens : s'il y a des coups à
recevoir, qu'il les reçoive ſeul, il
les mérite ; pour nous, Seigneur,
nous implorons votre généroſité,
& nous eſperons de votre auguſte
Majeſté, de devant laquelle perſonne ne s'eſt jamais retiré mécontent, qu'elle aura la bonté de

foulager notre extrême mifere.

Le Caliphe en ce moment jetta la vûë fur Babekan, il le vit
dans une étrange confufion. Et
bien qu'as-tu à répondre, lui dit-
il? Puiffant Roi des Rois, repliqua ce Boffu, le vifage profterné
contre terre, quelque punition
que je doive attendre de votre
juftice, je n'en fuis pas moins le
mari de cette Coûteliere : mon
crime eft d'autant plus grand,
qu'étant la feule caufe du bannif-
fement de mes freres de la Ville
de Damas, pour un meurtre dont
notre parfaite reffemblance empêcha de connoître l'auteur, je
devois les faire participans de
ma fortune, comme ils l'ont été
de mes malheurs ; mais fi un re-
pentir fincere peut obtenir ma
grace, j'offre du meilleur de mon
cœur de partager avec eux tous
les biens que j'ai acquis avec peine

depuis que je suis à Bagdad, &
j'espere que votre Majesté me par-
donnera mon ingratitude en faveur du regret que j'ai de l'avoir
commise.

Le Caliphe qui n'avoit nulle
intention de faire maltraiter Babekan, fut très-content de le voir
dans cette disposition, il lui fit grace, & voulant qu'Ibad & Syahouk,
pour le plaisir qu'ils lui avoient
donné, ressentissent les effets de sa
liberalité, il fit publier dans Bagdad, que s'il y avoit quelques filles qui voulussent épouser ces
deux Bossus, il leur donneroit à
chacune dix mille pieces d'or. Il
s'en trouva plus de vingt qui s'esti-
merent heureuses d'avoir une dot
si considerable ; mais Ibad & Syahouk ayant choisi dans ce nombre
celles qu'ils crurent leur mieux
convenir, ils reçûrent encore du
Caliphe vingt mille sequins qu'ils

mirent en focieté avec Babekan, & ces trois freres paflerent tranquillement le refte de leurs jours fous la protection du Souverain Commandeur des Croyans, qui fit tant de bien au Porteur, qu'il vêcut à fon aife depuis ce tems, fans avoir befoin de continuer fon métier.

QUAND Ben-Eridoün eut achevé le récit des avantures des trois Boffus: je jure par Aly, * lui dit Schems-Eddin, que depuis que j'ai perdu ma chere Zebd-El-Caton, fi j'ai été fenfible à quelque plaifir, ç'a été à celui de t'écouter. Rien n'eft plus plaifant, felon moi, que le dénoüement de cette Hiftoire: tu avois raifon de me promettre du

---

* Aly étoit gendre de Mahomet : ce ferment eft très ufité chez les Orientaux.

merveilleux, il s'y trouve presque
par tout ; & comme je ne sçaurois
trop payer un homme tel que toi,
je veux.... Ah ! Seigneur, interrompit Ben-Eridoün, sans donner
au Roi d'Astracan le tems d'achever, ce n'est point l'interêt qui
me fait agir: des récompenses trop
fortes ne feroient qu'exciter de
plus en plus la haine des Médecins
de cette Ville contre mon pere &
contre votre fidele Esclave. Je ne
l'ai déja que trop éprouvée depuis
son départ ; & si je suis encore
envie, je ne dois cet avantage
qu'au bonheur que j'ai eu de plaire à votre Majesté. Qu'est-ce à dire, reprit Schems-Eddin, surpris
de ce discours, quelqu'un dans
Astracan , seroit-il assez hardi
pour chercher à te faire du déplaisir? Seigneur dit alors le Visir Mutamhid en prenant la parole ,
Ben-Eridoün doit être rassuré par

la conduite que j'ai tenuë avec lui : un de vos Médecins m'avoit rapporté qu'il se railloit de l'embarras où nous étions Cuberghé & moi, de vous fournir tous les jours de nouveaux sujets pour vous entretenir, & m'assura qu'il se ventoit d'y suffire lui seul, jusqu'au retour de son pere. Le premier mouvement me mit dans une colere terrible contre Ben-Eridoün ; je voulus lui faire craindre la punition que méritoit sa témerité ; mais je le vis si tranquille sur mes menaces, & si docile à exécuter ce dont par la suite j'ai connu que le Médecin l'accusoit faussement, que je lui ai rendu toute la justice düe à son mérite, & que depuis ce tems je l'ai regardé comme mon propre fils.

Il est vrai, Seigneur, reprit le fils d'Abubeker, en s'adressant au Roi d'Astracan, que j'aurois tort

de me plaindre de Mutamhid, j'en
ai reçû toutes les faveurs possibles,
mais cependant on me garde à
vûë, & le perfide Médecin qui ne
cherchoit qu'à me faire périr,
joüit de la liberté.

Cela n'est pas juste, interrompit Schems-Eddin, je prétends
qu'il soit enfermé dans une obscure prison, jusqu'au retour d'A-
bubeker, & pour te mettre à l'a-
bri des effets de l'envie des autres
Médecins, je te fais Visir, & je
t'égale à Mutamhid & à Cuberghé, à condition que tu n'auras
aucun ressentiment contre le premier ; ses intentions n'étoient pas
mauvaises, & je le connois trop
humain pour présumer qu'il t'eût
jamais fait punir de mort, si je n'a-
vois pas été content de toi.

Ben-Eridoüin, comblé des bienfaits du Roi, se jetta à ses pieds :
il refusa d'abord l'honneur qu'il
venoit

venoit d'en recevoir ; il fallut
obéïr : Seigneur, lui dit-il, puifque votre Majefté me force d'accepter une dignité dont je me fens
incapable, je foufcris à fes fuprê-
mes volontés, & commence par affurer Mutamhid d'une amitié éternelle & inviolable ; mais comme
l'oubli des injures eft la principale
marque d'un bon cœur, je vous
fupplie de pardonner, à ma priere,
au Médecin qui m'a voulu perdre : Qu'il fçache feulement que
j'ai pû le punir de fa perfidie, &
que je n'ai pas voulu le faire. Non,
non, reprit Schems-Eddin, je
veux être obéï fur ce point : il ne
verra le jour que lorfqu'Abubeker fera revenu de Serendib ; &
ce calomniateur fouhaitera autant
fon retour qu'il l'a apprehendé ;
mais jufqu'à ce moment, mon
cher Ben-Eridoün, pourfuivit ce
Prince, ne m'abandonne pas aux

cruels maux ausquels je suis livré,
& tâche de contribuer par la douceur de ta conversation à me tirer
de la sombre mélancolie où me
plonge sans cesse le triste souve-
nir des pertes que j'ai faites. Seigneur, reprit Ben-Eridoüin, après
s'être prosterné contre terre, puisque votre Majesté a bien voulu
s'abbaisser à écouter avec quelque complaisance le plus humble
de ses Esclaves, je jure que je ne
la quitterai jamais, tant que j'aurai l'honneur de lui plaire, & que
tous les instants de ma vie seront
dévoüés à son service. Continuë
donc, repliqua Schems-Eddin, à
me donner des marques de ton
attachement, en me racontant
quelque nouvelle Histoire qui me
fasse autant de plaisir que m'en ont
fait celles que j'ai déja entenduës.

Je vais obéir à votre Majesté,
reprit Ben-Eridoüin.

HISTOIRE

De deux Bouchers de Candahar.

IL y avoit autrefois à Candahar * deux Bouchers, dont l'un croyoit à l'Aſtrologie judiciaire, & l'autre n'y ajoûtoit aucune foi. L'un ne faiſoit jamais rien ſans conſulter un habile Aſtrologue ſon voiſin, & ſe regloit ordinairement par des conſeils dont il s'étoit toûjours bien trouvé ; l'autre au contraire n'agiſſoit que ſuivant ſes propres mouvemens. Un

* Cette Ville eſt la Capitale d'une des Provinces de Perſe ; elle eſt d'un très-grand trafic, & fort peuplée.

jour que de compagnie ces deux
Bouchers devoient aller faire em-
plette de marchandifes de leur
profeſſion : le premier appellé Sahed, ne manqua pas d'aller con-
fulter ſon Oracle ; il avoit engagé
ſon Camarade, nommé Giamé à
lui tenir compagnie : ils entrerent
chez l'Aſtrologue, & lui ayant demandé ſon avis ſur leur voyage, il
répondit qu'ils ne devoient point
quitter le grand chemin, quelque
commodité qu'ils puſſent trouver
à prendre les petits ſentiers ; qu'ils
ne remiſſent point au lendemain,
ce qu'ils pourroient faire dans le
jour même, & qu'ils ne ſe fiaſſent
à perſonne dans une affaire d'im-
portance.

X X.

QUART-D'HEURE.

SAhed, Seigneur, après avoir
payé la confultation de l'Aftrologue, partit avec fon Camarade, bien réfolu d'obferver exactement les trois confeils qu'il avoit
reçû. Voici de quelle maniere il
en fut récompenfé.

A peine ces deux hommes fu-
rent-ils à une lieuë de Candahar,
qu'ils trouverent un chemin qui
paroiffoit impraticable par la
quantité de bouë qu'il y avoit ;
quoiqu'il fe préfentât fur la gauche un beau fentier que Giamé
prit fans balancer : Sahed n'héfita
pas à fe déchauffer pour paffer à
travers la fange ; il n'eut pas fait

trente pas , qu'il se trouva les
jambes embarassées dans des cordes ; il se baissa pour se rendre le
passage libre , & ayant levé ces
cordes , il fut étonné d'y trouver
attaché une petite valise , dans laquelle il y avoit trois cens pieces
d'or ; l'heureux succès de ce premier conseil , lui faisant esperer
autant des autres, il résolut encore
plus fortement de les suivre , &
après avoir employé son argent en
marchandises , il se mit en état de
la reconduire à Candahar. Giamé à qui il avoit raconté son
avanture, ne pouvoit la croire ;
il s'imagina que c'étoit une plai-
santerie de Sahed , & le raillant
sur la crédulité qu'il exigeoit de
lui, il l'assûra qu'il n'ajoûtoit aucune foi à cette prétenduë bonne
fortune. Au bout de deux jours,
ils arriverent sur la brune à une
petite Ville qui étoit séparée de

fon Fauxbourg par la Riviere :
Giamé las & fatigué du voyage,
propofa à Sahed de refter dans ce
lieu avec leurs beftiaux. Je le
ferois volontiers, lui répondit-il,
mais l'Aftrologue m'a ordonné de
ne point remettre au lendemain
ce que je pourrois faire dans le
même jour ; je fuivrai exactement
fon avis, & je vous confeille de
faire de même. Quand ce ne feroit que pour contrequarrer l'Aftrologue, repliqua Giamé, je veux
refter dans le Fauxbourg. Reftez-
y fi vous voulez, lui dit Sahed,
pour moi je vais paffer le Pont avec
toutes mes bêtes, & je vous atten-
drai demain de grand matin à la
porte de la Ville qui conduit à
Candahar.

Ces deux Marchands fuivirent
chacun leur deffein ; mais Giamé
fut bien étonné le lendemain,
quand il s'apperçut qu'une horri-

ble tempête, & une pluye affreuſe qui avoit fait gonfler la Riviere, avoit emporté le Pont : il eut pour lors regret de n'avoir pas crû Sahed, & ayant été obligé de reſter cinq jours à cet endroit, juſqu'à ce que l'on eût fait un grand Batteau capable de tranſporter les voitures d'un côté de la Riviere à l'autre ; il ſe conſomma en frais, & quelques-unes de ſes bêtes moururent, pendant que Sahed plus ſage & plus heureux étoit déja à Candahar.

Sahed, Seigneur, avoit une méchante femme appellée Amid ; il la ſoupçonnoit d'un mauvais commerce avec un jeune Perſan de ſes voiſins, il ſe propoſa d'éprouver ſa fidelité au ſujet du troiſiéme conſeil. Comme elle ſçavoit à peu près l'argent qu'il avoit emporté, & qu'il revenoit avec quatre fois plus de beſtiaux que de coûtume , elle s'informa de lui d'où lui venoit tant de biens. Après quelques airs mysterieux , Sahed résolut de la tromper : Je vais, lui dit-il, vous confier un grand secret, mais il y va de ma vie de sçavoir bien le garder ; j'ai eu querelle avec Giamé ; dans la chaleur de l'action je l'ai tué, & de son argent & du mien , j'en ai acheté les bestiaux que vous voyez.

La femme de Sahed fut d'abord étonnée d'une pareille confidence ; mais ensuite prenant un air riant : Mon cher mari, lui dit-elle, tu as bien fait, Giamé empêchoit que tu ne fournisse les plus grosses Maisons de cette Ville ; il donnoit toûjours sa viande à quelque chose de meilleure marché que nous, & par ce moyen il nous enlevoit nos meilleures pratiques: lui mort, nous allons faire une

fortune très-considérable ; mais
que deviendrois-je, si la Justice
alloit découvrir que c'est toi qui
lui a ôté la vie ? Comment cela se
pourróit il faire, dit Sahed, nous
étions seuls dans un bois, lorsque
j'ai fait le coup, il n'y avoit pas
de témoins, j'ai enterré son corps,
& de tout Candahar il n'y a que
notre voisin l'Astrologue qui sçache que nous soyons parti ensemble ; moyennant vingt pieces d'or,
il m'a juré par des sermens affreux
qu'il ne me découvriroit à personne ; je suis sûr de lui, & je ne
te crois pas capable d'aller reve-
l.r un secret de cette importan-
ce : Ah ! le Ciel m'en préserve,
s'écria Amid, je me laisserois dé-
chirer à coups de verges , & je
verrois ruisseler mon sang de tous
les côtés avant que d'en parler à
qui que ce soit. A la bonne heure , reprit Sahed, je vais donc

dormir en repos sur cette parole ;
alors il se mit au lit auprès de cette
méchante femme, qui ne le crut
pas plûtôt bien endormi , que se
levant doucement , elle prit seulement une robe legere , & ouvrant les portes sans faire aucun
bruit, elle alla heurter à celle de
son Amant. Sahed qui l'avoit suivi
sans qu'elle s'en apperçût, & qui
l'avoit vû entrer chez le voisin ,
fut convaincu de sa mauvaise
volonté ; il se douta bien qu'elle
étoit allé lui apprendre la mort
de Giamé , & que pour joüir
plus librement de leurs amours,
il seroit le lendemain dénoncé
au Cady ; il se recoucha , & feignit de dormir profondément
au moment qu'elle revint se
mettre à ses côtés. Sahed ne se
trompa point dans ses conjectu-
res , à peine le jour commençoit à paroître , que le Cady & ses

Hazzas * enfoncerent ses portes,
A mid feignant une frayeur extrême, sauta en bas du lit : Ah ! mon
cher mari, lui dit-elle, vous êtes
trahi, sans doute que l'Astrologue aura parlé, ou que vous avez
eu quelque témoin du meurtre de
Giamé, Je suis certainement trahi, dit-il à sa femme, mais je sçaurai bien me venger de mes ennemis. On ne lui donna pas le tems
d'en dire davantage : on le lia
comme un assassin, & on le traîna
dans les prisons.

* Archers.

X X I.

QUART-D'HEURE.

AMid , Seigneur , la perfide
Amid , feignoit de répandre
des larmes en abondance , elle
s'arrachoit les cheveux , & con-
trefaifoit parfaitement l'affligée ,
pendant que Sahed , d'un air tranquille , étoit entre les mains de la
Juftice : on l'interrogea fur le
meurtre de Giamé , & on lui cita
les mêmes circonftances qu'il a-
voit dites à fa femme ; il nia le fait,
& demanda un délai de huit jours
pour prouver fon innocence; après
lequel tems il confentoit de mourir dans les plus cruels tourmens ,
s'il ne prouvoit pas clairement
l'impoffibilité qu'il y avoit qu'il
eut commis cet affaffinat.

Le Cady surpris de la fermeté de cet homme, ne put lui refuser cette grace ; mais le tems étoit près d'expirer, & la potence étoit déja toute dressée devant sa maison, lorsque l'on vit arriver Giamé dans Candahar avec les bestiaux qu'il avoit acheté. Il apprit en entrant dans la Ville, que Sahed soupçonné de l'avoir assassiné, étoit prêt à recevoir la mort ; surpris de cette nouvelle, il courut chez le Cady, qui fut dans un étonnement extrême en le voyant paroître. Il se transporta sur le champ à la prison, & ayant fait venir Sahed ; voilà Giamé en vie, lui dit-il : puisque tu es innocent, joüis de la liberté dont tes ennemis vouloient te priver. Seigneur, reprit Sahed, je n'ai jamais craint la mort pour le crime dont on m'accusoit, je n'ai demandé un délai de huit jours que pour faire voir

lus clairement l'impofture, j'étois
ur que mon camarade feroit à
Candahar avant le terme que j'a-
vois obtenu ; mais il ne me fuffit
pas d'être juftifié , je demande
que l'on puniffe mon dénoncia-
teur ; c'eft un fcélérat , qui non
content d'avoir corrompu ma
femme, & de vivre avec elle depuis long - tems dans le défordre,
comme je l'en avois foupçonné, a
comploté ma mort avec cette mi-
férable pour joüir plus librement
de leurs plaifirs : c'eft un fait dont
je fuis bien certain , puifque la
nuit même, que pour éprouver la
fidelité d'Amid , je lui fuppofai
avoir tué Giamé, je la vis fe lever
d'auprès de moi , & courir chez
fon Amant pour lui apprendre
cette nouvelle : non feulement,
Seigneur , je la répudie , mais je
demande vengeance contre fon
corrupteur. Cela eft trop jufte, re-

prit le Cady, alors ayant fait arrêter Amid & son Amant qui n'eurent pas le front de nier le fait, la même potence deſtinée pour Sahed ſervit au ſupplice de ſon accuſateur, & l'indigne Amid, après avoir été battuë de verges par tous les carrefours de Candahar, fut bannie pour toûjours de cette Ville.

———————————

L E Cady ne rendit pas tout-à-fait juſtice à Sahed, reprit Schems - Eddin, l'accuſateur & Amid meritoient également la mort : cela eſt vrai, Seigneur, reprit Ben - Eridoün, mais Sahed interceda pour ſa femme, elle s'étoit elle-même condamnée au foüet, en cas qu'elle révélât ſon ſecret, & ce mari trop généreux, ſuppliant le Cady de ne pas pouſſer plus loin la vengeance de ſon crime,

crime , en obtint cette grace ,
moyennant quelques piéces d'or
qu'il lui mit dans la main. Presque
tous les Cadys ont des ames de
boüe , ils s'embarraſſent peu que
la Juſtice ſe rende bien éxacte-
ment , pourvû qu'ils y trouvent
leur compte : les preſens de toute
ſorte de nature , & l'or leur ferment la bouche , & leur lient les
mains ; & à ce propos , je vais ,
Seigneur , vous conter une plai-
ſante avanture qui arriva à Sahed
avec le même Cady ; mais il faut
prendre cette Hiſtoire d'un peu
plus haut.

HISTOIRE

Du Chien de Sahed , & du
Cady de Candahar.

Lorsque le Cady de Canda-har , qui étoit d'une très-basse extraction, fut nommé par le Sultan Kara * Koulak , pour rendre la Justice à Candahar où il vint demeurer sur la Place du Marché ; il alla d'abord rendre visite au Gouverneur de cette Ville : Après les premiers complimens ; Sçavez-vous, lui dit ce dernier , comment je m'appelle ? Oüi, Seigneur, reprit le Cady,

* Ces mots signifient en Arabe oreille noire.

vous vous nommez Zezer * Zemin : Cela eſt vrai, reprit-il : mais
je porte encore le nom d'Aſrail :
** le Cady entendant ce nom ſi
terrible, n'en fit que rire : Nous
nous accorderons donc parfaitement enſemble, repliqua t-il, puiſque je m'appelle *** Scheïtan :
nous travaillerons de concert à
tourmenter le peuple , & ce ne
ſera qu'à proportion des preſens
que nous en recevrons qu'ils com-
mettront impunément toute ſorte
de mauvaiſes actions.

Scheïtan avec de pareilles diſ-
poſitions étoit né pour être Cady :
ſa taille étoit mediocre, le viſage
laid, un peu bazané & tirant ſur

* Ce nom en Perſan ſignifie le poiſon de la
terre.

** C'eſt le nom de l'ange de la mort, lequel
ſelon la tradition des Orientaux , ſepare les ames
d'avec les corps

*** Ce nom ſignifie le diable en Arabe les
Hebreux en changeant quelques lettres le nom-
ment Sathan,

le jaune, le nez camus, l'œil affez vif, & la barbe noire : comme
il n'avoit jamais eu grande éducation, fa mine & fes manieres
baffes fe reffentoient de fon ori-
gine. Il étoit capricieux à l'excès,
emporté & violent jufqu'à la fureur, brutal avec fes femmes, &
mauvais Maître envers fes efclaves qu'il maltraitoit pour les plus
legeres fautes : mais cet homme
fi terrible & fi inexorable envers
le peuple, étoit doux comme un
agneau lorfque l'on faifoit paroître devant lui une bourfe pleine
d'or : alors il devenoit liant , ce
n'étoit plus un animal farouche ;
les prefens l'aprivoifoient en un
moment , & l'on en obtenoit tout
ce que l'on vouloit : enfin , Seigneur , cet efprit de Cameleon
fçut fi bien faire, qu'après s'être
enrichi aux dépens des plus honnêtes gens de Candahar , il devint

d'un orgüeil & d'une arrogance si insupportable, qu'il se rendit l'objet de la haine de tous ceux qui l'approchoient : Mais, Seigneur, je reviens à l'avanture de Sahed. Cet homme avoit un * Chien qu'il aimoit extraordinairement, & qui le suivoit par tout : comme il lui avoit plusieurs fois sauvé la vie, il n'y avoit rien qu'il n'eût donné pour ne le point perdre ; cependant ce fidele animal mourut, & Sahed en fut inconsolable ; rien ne pouvoit appaiser sa douleur. Ses amis le vinrent voir, il les re-

* Ce Conte qui est rapporté dans un ancien Poëte Turc appellé Lamâi, en a été tiré par l'Auteur des Cent Nouvelles nouvelles, qui dans sa 96. raconte cette avanture entre un Curé & un Evêque. Lamâi se nommoit Abdala ben-Mamoud, il est l'Auteur d'un Livre Turc de faceties & de bons mots, composé partie en vers & partie en prose : il a divisé son ouvrage en cinq chapitres, & y a ajoûté une Préface, où il prouve par l'exemple des Prophetes & des plus grands personnages, que la raillerie ingenieuse & innocente a toûjours été fort estimée.

tint à fouper, on ne parla pendant le repas que des loüanges du Chien, & enfin il fe termina par fes obfeques : on l'enterra dans le jardin de Sahed.

Un de nos Poëtes a dit fort fagement, que l'eau dort, mais qu'un ennemi ne dort jamais; Quelques gens mal intentionnés allerent le lendemain faire leur rapport au Cady Scheïtan, de ce qui s'étoit paffé la veille chez Sahed, & ajoûterent à la verité du fait, un détail de toutes les ceremonies funebres des Perfans, qu'ils dirent avoir été pratiquées à l'enterrement de fon Chien.

Le Cady parut très-fcandalifé d'une action fi étrange qui intereffoit la Police & la Religion : il envoya auffitôt chercher l'accufé par fes * Hazzas : infâme, lui dit-il, d'un ton de fureur, ne rougis-

* Archers.

tu pas de ton crime? sans doute
que tu es de quelque Secte nouvelle qui adore les Chiens, puisque
tu as rendu plus d'honneur au
tien, que l'on n'a jamais fait à * *
celui des Sept Dormans. Je suis
bien informé de la dérision que tu
as faite de nos Pompes funebres,
ton châtiment est tout prêt, & tu
vas expier ton crime par mille
coups de bâton sur la plante des
pieds.

Saheh auroit été effrayé des
menaces du Cady s'il n'avoit pas
connu combien son ame étoit in-
teressée: Seigneur, lui dit il, d'un

---

* * Les Muzulmans qui sçavent embellir les
narrations, disent pour exprimer la force de l'é-
ducation & de la fréquentation des honnêtes gens,
que le chien des Sept Dormans, qui resterent
pendant cent quarente ans dans une caverne du
Mont Cavoüis, devint raisonnable par le long
séjour qu'il fit avec les hommes: ils ont aussi une
espece de proverbe pour désigner un avare, qui
est, *il ne jetteroit pas un os au chien des sept
Dormans.*

air tranquille , vous avez été mal
informé de ce qui s'eſt paſſé chez
moi hier au ſoir : l'Hiſtoire mer-
veilleuſe de mon Chien ſeroit trop
longue à vous raconter devant
tant de monde , on ne vous a pas
ſans doute inſtruit de ſes rares
qualités , des talens qu'il avoit
pour ſe faire entendre , ni qu'il ait
fait un teſtament où entr'autres
legs , je ſuis chargé de ſa part, de
vous apporter ces trente pieces
d'or , voilà comme les envieux
empoiſonnent toute choſe.

Le Cady voyant les pieces d'or
que Sahed avoit mis ſur ſa table
fut ſurpris de ſon adreſſe à ſe tirer
d'un ſi mauvais pas : il ſe tourna
vers les Hazzas : voyez , leur dit-
il en riant, comme les gens de
bien ſont expoſés à la calomnie, &
quel mauvais diſcours on m'eſt
venu rapporter de cet honnête
homme : je me rappelle en ce moment

ment que j'ai oüi raconter vingt
Hiſtoires plus ſingulieres les unes
que les autres de ſon Chien ; ſans
doute puiſque cet animal a ſi bien
expliqué ſes intentions avant que
de mourir, il étoit d'une nature
extraordinaire, ou bien il renfer-
moit dans ſon corps quelques-uns
de ces Génies bienfaiſans envers
les hommes, & je ne trouve point
qu'il y ait eu ſi grand mal à lui rendre les honneurs qu'il a reçû :
quoiqu'il en ſoit, dit-il alors, en
adreſſant la parole à Sahed, je ſuis
fâché de l'inſulte que l'on vous a
faite, & je vais la réparer ; mais
comme il faut que chacun vive de
ſon métier, vous ne ſçauriez éviter de donner une couple de pieces
d'or à ces gens-ci : ils ont pris la
peine de vous aller chercher juſ-
ques chez vous ; & je prétends
qu'ils vous y reconduiſent pour
juſtifier votre innocence.

XXII.

QUART-D'HEURE.

A Ce compliment scelerat ,
Sahed ne répondit que par
de profondes soûmissions , & par
une prompte obéïssance : il jetta
les deux pieces d'or aux Hazzas.
Je vous quitte, Messieurs , leur
dit-il , du soin de me remettre
chez moi, j'y retournerai bien sans
vous. Alors, Seigneur , continua
Ben-Eridoün, le pauvre Boucher
se retira , & satisfit la Police & la
Religion aux dépens de sa bourse.
O gens iniques s'écria Schems-
Eddin ! vous devriez être des épées
toûjours nuës , pour être la terreur & la punition des méchans ;
mais vous n'êtes que des foureaux
vuides qui ne cherchez qu'à vous

remplir de l'argent des misérables : que n'ont-ils la hardieſſe de ſe plaindre de vos véxations à un Tribunal ſuperieur devant lequel vous êtes auſſi ſouples & auſſi rempans, que vous êtes orgüeilleux chez vous ? vous tremblez à ſon ſeul nom, & la crainte du châtiment qui vous eſt dû, vous feroit rendre plus exactement la juſtice : oüi je fais plus de cas du Chien de Sahed que d'un homme du caractere de Scheïtan, à qui vous reſſemblez preſque tous : le Chien, de tous les biens de ce monde ne prétend qu'un ſeul os ; & toutes les richeſſes de la terre ne ſont pas capables de remplir vos yeux & vos cœurs : vous briguez ces Emplois pour acquerir les honneurs, les richeſſes & les plaiſirs ; mais ne ſçavez-vous pas que celui qui vit retiré du monde acquiert de l'honneur ? que celui qui ſe con-

tente de ce qu'il a est riche ; & que
celui qui méprise les plaisirs &
qui s'en occupe le moins, a trouvé son repos ? Faites donc de bonnes actions pendant que vous êtes
dans ce monde ; & loin de vous
rendre l'horreur de vos freres par
la tyrannie & la vexation, ne
cherchez qu'à les soulager ; songez que toutes les choses qui sub-
sistent dans ce monde, ne font
que du bruit, & ne causent que
du trouble ; fuyez & faites votre retraite dans le Royaume du
néant dont vous tirez votre origi-
ne, & ayez toûjours présentes à la
mémoire, ces paroles qu'un de
nos Poëtes dit avoir été écrites au-
tour de la Couronne de * Feri-
doün, » Ce monde, ô mon frere,
„ ne demeure à personne : atta-
„ che ton cœur à celui qui en est
„ l'auteur ; cela suffit : ne te fie, ni

* Roi de Perse de la premiere Dynastie.

» ne t'affure fur la poffeffion de fes
» biens trompeurs : combien de
» gens femblables à toi n'a-t-il pas
» engraiffé pour les égorger enfuite ? » Mais je m'emporte un peu
trop, mon cher Ben-Eridoün, dit
alors le Roi d'Aftracan ; comme
les Monarques font refponfables
à Dieu des Miniftres qu'ils don-
nent à leurs Peuples, je tremble
que quelques-uns de mes Cadis
ne foit du caractere de Scheïtan :
Ah ! fi j'en connoiffois un qui lui
reffemblât, je ne le laifferois pas vî-
vre un quart d'heure : mais il n'eft
pas encore tems que je me retire ;
fi tu fçais quelqu'Hiftoire interef-
fante , profite, je te prie, des momens que je puis te donner.

J'en fçai une, Seigneur, répondit Ben-Eridoün , qui eft affez particuliere ; mais j'ai déja héfité plus
d'une fois à vous la dire ; j'ai crains
de vous retracer l'image de vos

malheurs par la conformité qu'elle a dans son commencement avec
ce qui vous est arrivé de plus funeste, il est vrai que la suite en est
très-differente, & qu'elle vous
fera bientôt oublier ce qu'elle aura d'abord eu de triste; mais je
n'ose, Seigneur, vous la raconter
sans un ordre exprès de votre Majesté.

   Schems-Eddin rêva quelques
momens: il prit ensuite la parole,
mes malheurs me sont toûjours si
présens, dit-il, que ton récit ne
sçauroit les augmenter; ainsi, mon
cher Ben-Eridoün, tu peux har-
diment commencer ton Histoire,
de quelque nature qu'elle puisse
être je t'écouterai avec attention.
Ben-Eridoün obéït à un comman-
dement si précis, & parla en ces
termes au Roi d'Astracan.

HISTOIRE.

D'Outzim - Ochantey , Prince de la Chine.

FANFUR * Empereur de la Chine, avoit épousé Katifé , une des plus charmantes Princesse de la terre ; jamais rien n'avoit paru de plus achevé dans la Nature , & lorsqu'on avoit une fois jetté les yeux sur le globe de son visage, on perdoit l'idée de tout ce que l'on avoit vû de beau, pour ne plus songer qu'aux perfections de cette Princesse , dont les qualités de l'esprit étoient encore superieures à celles du corps. De pareilles

* Il y a eu un Prince nommé Fanfur qui regnoit à la Chine en l'année 1269.

Bb iiij

femmes dévroient être immortel-
les : mais Seigneur, l'incomparable Katifé ne parut presque dans
la Chine que pour y laisser un regret éternel de sa perte : elle
mourut la premiere année de son
mariage, en donnant la vie à un
Prince que l'on nomma Outzim-
Ochantey.

Fanfur eut tant de douleur de
la mort de son épouse, qu'il abandonna le soin de ses Etats pour se
livrer tout entier à son désespoir.
Il fit bâtir dans son Palais un Tombeau magnifique, sur lequel étoit
en marbre blanc la représentation
de Katifé, & ne manquoit jamais
d'aller deux fois par jour l'arroser
de ses larmes.

Il y avoit près de cinq ans que
ce Prince vivoit de cette maniere,
lorsque son grand Visir, qui étoit
un homme d'une probité achevée, se vint presenter devant lui :

ilse prosterna d'abord la face contre terre ; & s'étant ensuite relevé:
Seigneur, lui dit-il ; ton humble
Esclave osera-t-il te remontrer
que ta douleur est de trop longue
durée, & qu'elle te fait tort dans
l'esprit de tes Peuples : quelque
mérite qu'ait eu l'incomparable
Katifé, ils sont indignés de te voir
verser si long-tems des larmes,
qui conviennent mieux à une
femme qu'à un grand Prince, tel
que tu es. Katifé étoit belle par
excellence ; mais n'y a-t'il plus
de femmes sur la terre qui puissent
l'égaler : si tu es insensible à tout
autre beauté, songe du moins que
tu es responsable envers ton fils,
d'un Trône dont je vois tes Sujets
prêts à te priver, si tu continuë
à vouloir vivre dans la retraite.

XIII.

QUART-D'HEURE.

FANFUR étonné du discours du Visir, se réveilla comme d'un profond assoupissement : il n'en falloit pas moins pour le retirer de l'état létargique dans lequel il étoit. Je te sçai bon gré, Visir, lui dit-il, de la sincerité avec laquelle tu viens de me parler : l'interêt seul de mon fils me rappelle à la vie : je serois coupable si mon désespoir étoit cause qu'il tombât dans la misere : Fais donc sçavoir au Peuple que je vais me montrer à lui, & que je veux désormais vivre autrement que je n'ai fait depuis la mort de ma chere Katifé.

Le Visir n'eut pas plûtôt an-

noncé cette nouvelle, que l'air
retentit de mille cris de joye ; Fanfur étoit fort aimé, & ses Sujets,
quelque contens qu'ils fussent de
l'administration du Visir, mar-
querent par mille Fêtes galantes
l'allegresse où ils étoient de voir
leur Prince gouverner son Roïau-
me par lui-même.

Comme dans toutes les actions
de Fanfur, il regnoit toûjours un
air de tristesse, le Visir pour tâcher à la dissiper, lui presenta les
plus belles personnes du monde ;
leurs attraits ne pûrent effacer de
son cœur l'image de la charmante
Katifé, dont la memoire lui étoit
si chere. Il les regarda toutes
avec une insensibilité qui éton-
noit les Mandarins, & tournant
toutes ses affections vers le seul
Outzim-Ochantey, il déclara que
tant que ce Prince vivroit, il n'auroit commerce avec aucune femme.

· Enfin, Seigneur, l'unique he-
ritier du Royaume de la Chine
avoit à peine atteint sa sixiéme
année, qu'il se sentit une inclination violente de voyager : il en
demanda un jour la permission à
Fanfur ; mais ce Monarque surpris d'une pareille demande,
après lui avoir representé avec
une extrême tendresse tous les
dangers ausquels il seroit exposé,
& les inquiétudes cruelles, que
lui causeroit son absence, le con-
jura de ne plus penser à ce dessein.

XXIV.

QUART-D'HEURE.

CEs remontrances loin de
toucher Outzim-Ochantey,
irriterent ses désirs. Résolu quand
il en trouveroit l'occasion, de par-

tir fans le confentement de Fanfur, il fe munit d'un très-grand
nombre de Pierreries, prit de l'or
autant qu'il crut en avoir befoin,
& ayant fçû engager dans fes in-
terêts fix de fes amis, ils furent
les feuls avec lefquels il s'embar-
qua fur un petit Vaiffeau qu'il
avoit fait acheter fecrètement
par l'un d'eux.

De ces fix perfonnes, l'un qui
avoit été fon Gouverneur, eut
beau s'oppofer à fes deffeins, ce
Prince le menaça de toute fon indignation, s'il en ouvroit jamais
la bouche au Roi fon pere ; &
comme Bakmas, c'eft ainfi qu'il
fe nommoit, aimoit tendrement
fon éleve, plûtôt que de l'abandonner à la violence des paffions
aufquelles le livroit une boüil-
lante jeuneffe, il réfolut de s'expofer aux mêmes dangers que lui.

Le fecond compagnon de voya-

ge du Prince, s'appelloit Ahmedy, c'étoit un Mandarin de la
science, il possedoit presque toutes les Langues vivantes, & jamais
on n'avoit vû un homme dont l'é-
loquence égalât la sienne.

Le troisiéme étoit fils de la
Nourrice du Prince, & d'un riche
Marchand.

Le quatriéme excelloit dans la
Musique, & touchoit des Instru-
mens avec une délicatesse qui ra-
vissoit les sens.

Le cinquiéme étoit un Peintre
comparable au celebre Many, &
le dernier étoit si legere à la cour-
se, qu'il auroit arrêté les animaux
les plus vîtes.

Les Vents étant très-favorables,
& le Vaisseau très-bon Voilier, le
Prince fit près de huit cent lieuës
en moins de dix jours. Il arriva à
un Port de Mer, où après être dé-
barqué, il fit présent du Vaisseau

& de tout l'Equipage au Pilote,
avec défenses expresses de retourner à la Chine de six années.

Bakmas & Ahmedy voyant que
Outzim Ochantey répandoit avec
profusion l'or & l'argent par toutes les Villes où ils passoient, lui
représenterent bien-tôt que, puis-
qu'il vouloit voïager en homme
privé, il ne devoit pas faire de si
fortes dépenses, & que s'il vivoit
avec aussi peu d'œconomie qu'il
commençoit à le faire, ses richesses, telles qu'elles pussent être,
seroient bien-tôt épuisées. Le
Prince n'en voulut rien croire : il
fut si prodigue, qu'il fallut avoir
recours aux Pierreries, dont la
valeur montoit si haut, qu'il s'i-
maginoit ne devoir jamais manquer d'argent. Cependant après
avoir fait environ douze mille
lieuës dans differens Païs, tant par
Mer que par terre, il commença

trop tard à s'appercevoir qu'il auroit dû fuivre les fages confeils
du Mandarin & de fon Gouverneur. Il reconnut alors fa faute
avec une douleur extrême, & fe
vit dans la fituation la plus trifte
où fe puiffe trouver un Prince.
Pour furcroît de déplaifir, il avoit
rendu fes fix Compagnons de
voyages auffi miférables que lui;
mais il eut encore la confolation
de voir qu'aucun d'eux ne lui reprocha fon peu de conduite, &
qu'au contraire tous s'offrirent à
l'aider à vivre en travaillant chacun de leur Art.

En effet, ils ne furent pas plûtôt arrivés dans une grande Ville,
que le Coureur ayant fçû que l'on
cherchoit par tout un homme qui
pût en diligence expedier quelques affaires preffées, s'offrit de
le faire. Il entreprit en moins de
vingt-quatre heures un voyage de
plus

plus de foixante lieuës. On accepta fes offres ; le Prince & fes Compagnons furent fa Caution. On lui compta de l'argent, dont il leur laiffa la plus grande partie, ayant executé ce qu'il avoit promis, au grand contentement de ceux qui l'avoient employé. Le Prince profita de fa diligence, & vivant avec un extrême ménage, ils aborderent à une autre Ville, comme ils n'avoient plus que quatre pieces d'argent.

X X V.

QUART-D'HEURE.

DE's qu'ils y furent arrivés, le fils du Marchand qui sçavoit parfaitement l'Aritmethique, alla chez un fameux Négociant: il s'offrit de folder en trois jours

tous les comptes qu'il avoit avec
ses Correspondans. Quoique cela
parût presque impossible, le Négociant le fit travailler, fut content de lui, le paya très-honnête-
ment ; & cette somme fit vivre
une quinzaine de jours le Prince
& sa suite, au bout desquels il se
trouva réduit à la même nécessité.
Le Musicien alors prit son luth,
& se mit à chanter avec tant de
graces & de méthode, que les
Principaux de la Ville le firent venir dans leurs maisons. Ils le ré-
compenserent dignement du plaisir qu'ils en avoient reçû ; & cet
argent les aida à vivre quelques
semaines. Le Peintre alors voyant
qu'ils alloient être dans le même
besoin, alla trouver le Roi de la
Province où ils étoient alors ; il
s'offrit de faire son Portrait, & le
représenta avec tant d'art & si
ressemblant, que ce Prince éton-

ré de cette nouveauté, le regarda
comme un homme divin. Il ne
pouvoit comprendre que l'on sçût
former des traits si justes & si na-
turels, qu'il n'y eût personne qui
ne le reconnût dans ce Tableau.
Il donna au Peintre un diamant
d'un grand prix, & la valeur de
trois mille sequins. Tous les plus
grands Seigneurs de la Cour, à
l'exemple du Prince, voulurent
aussi se faire peindre ; il y réüssit
parfaitement, & il en reçut des
presens si considerables, qu'il emporta de cette Ville plus de dix
mille pieces d'or. C'étoit une grande somme, par rapport à l'état où
étoit le Prince, mais très-modi-
que, eû égard aux richesses im-
menses qu'il avoit indiseretement
dissipées.

Ils s'habillerent tous très-pro-
prement, ménagerent leur argent, & resolurent de reprendre

la route de la Chine. Ils avoient
déja fait plus de cinq cens lieuës,
& étoient prêts d'arriver à Zoffala, * lorfqu'ils furent enveloppés
par une troupe de près dé deux
cens voleurs.

Quoiqu'Outzim-Ochantey ne
fût accompagné que de fes fix Camarades, le nombre ne l'effraya
pas ; il réfolut de fe mettre en défenfe, mais Ahmedy lui ayant re-
montré la témerité qu'il y avoit
de l'entreprendre, le Prince mit
bas les armes ; un homme d'affez
bonne mine, qui paroiffoit le chef
de ces fcelerats, l'aborda affez ci-
vilement pour une perfonne de fa

* Zoffala eft une Ville fituée dans un Royaume
du même nom, dans le Païs des Cafres en Afri-
que. Plufieurs Geographes croyent que c'eft l'O-
pir où Salomon envoyoit fes Vaiffeaux, & d'où
il tiroit tant d'or & d'yvoire. Deux raifons ap-
puyent cette opinion ; premierement, parce qu'il
n'y a point de Païs où il y ait tant d'or & d'Ele-
phans : & fecondement, parce que c'eft la rout
que fes Vaiffeaux prenoient par la mer rouge.

forte : Nous n'en voulons point à
votre vie, lui dit-il, puisque vous
ne faites aucune résistance : Nous
nous contenterons de vos biens,
mais si quelqu'un de vous avoit
été assez hardi pour se défendre,
je jure que vous seriez déja exter-
minés. Outzim-Ochantey regarda cet homme avec fierté : Si
vous n'êtiez que cinquante contre nous sept, dit-il, je ne vous
craindrois pas ; mais il faut ceder
à la force, vous êtes le maître de
notre fortune.

Une réponse aussi hardie plut
au Capitaine de ces Voleurs : Je
vois bien, lui dit-il, que tu as du
courage, je t'en sçais bon gré,
en faveur de cela j'en userai bien
avec toi. Alors ayant examiné à
quoi se pouvoit monter tout le
butin, il rendit au Prince cent
sequins d'or, cinquante à chacun
de ceux qui l'accompagnoient,

permit qu'ils conservassent leurs
chevaux, & les laissa continuer
leur chemin.

Ils arriverent enfin à Zoffala,
où le Prince de la Chine étant
tombé dangereusement malade,
ils y dépenserent la meilleure partie de leur argent, & se trouverent reduits à leur premiere misere.

C'étoit à Bakmas à employer
son talent pour les mettre en état
de poursuivre leur route ; mais
comme la Ville n'étoit habitée
que par des Marchands, dont l'esprit étoit uniquement rempli de
leur commerce, qui ne sçavoient
ce que c'étoit que la politesse qu'il
avoit étudiée à la Cour de la Chine, & dont il prétendoit donner
des leçons : il eut beau promener
sa Noblesse par toute la Ville, il
perdit ses peines, & ne trouva personne qui lui offrît seulement un

verre d'eau. Il mordoit ses lévres
de déplaisir.

XXVI.

QUART-D'HEURE.

BAkmas, Seigneur, continua
Ben-Eridoün, se retiroit pénetré de douleur de ne pouvoir
rendre à son Prince le même service que ses compagnons, lorsqu'il fut rencontré par un vene-
rable Vieillard, dont l'air étran-
ger faisoit connoître qu'il n'étoit
pas de Zoffala; il jugea à l'air de
Bakmas qu'il étoit accablé de
chagrin, & en ayant appris à peu
près le sujet, il le pria avec sa
compagnie de venir se reposer
chez lui; le Prince y alla avec sa
suite, & pendant le repas ce bon
Vieillard voyant que Bakmas

vantoit fort les prérogatives que donne une illuftre naiffance : Mes amis, dit il à fes Hôtes, le pauvre eft toûjours méprifé de quelque condition qu'il foit ; fi vous n'êtes pas à votre aife, vous ferez beaucoup mieux de ne pas publier votre Nobleffe : fi au contraire vous êtes opulens, fuffiez-vous defcendus de la lie du peuple, vous ferez reverés de chacun comme les plus nobles de la terre. Cela dit, il mit vingt pieces d'or dans la main de Bakmas, & fe levant de table pour vacquer à fes affaires, le Prince & fes gens fortirent avec lui.

Quelles triftes réfléxions cet avis ne fit-il point faire à Outzim-Ochantey ! il en pleuroit de honte : quoi, fe difoit-il, il faut que par ma feule faute je me trouve obligé de ne fubfifter que par les talens de mes compagnons ! Sans leur fecours je ferois donc réduit

à

à la derniere mifere ? Ahmedy
voyant le Prince plongé dans une
extrême douleur, fe fervit de toute fon éloquence pour le confo-
ler. Il lui reprocha même fon peu
de courage dans l'adverfité, &
étant partis de Zoffala, ils arriverent quelques jours après dans une
petite Ville fort jolie. Ahmedy ne,
fut pas plûtôt entré qu'il envoya
publier qu'il difputeroit pendant
huit jours fur toutes fortes de ma-
tieres contre les perfonnes les plus
doctes. On ne fit d'abord que rire
de fa préfomption ; mais quand il
en fut venu aux effets, il ravit tellement en admiration fes Audi-
teurs, & fit voir une fcience fi uni-
verfelle, qu'il rendit confus tous
ceux qui parlerent contre lui. Au
bout du compte fa fcience ne fervit qu'à exciter l'envie des Sça-
vans ; il ne remporta de cette dif-
pute qu'une gloire vaine & infruc-

Tome I.   D d

tueuse, & l'on caballa tellement
contre lui, sous prétexte que sa
doctrine étoit contraire aux intérêts de l'Etat, qu'il fut obligé de
prendre la fuite pour mettre sa vie
en sûreté, & si nos sept voyageurs
n'avoient encore eu quelque argent, ils se feroient trouvés très-
embarrassés.

Le docte Ahmedy étoit dans
une confusion extrême ; il décla-
ma long-tems contre l'ingratitude & l'ignorance du siécle ; mais
enfin après avoir marché pendant
onze jours, ils arriverent aux portes de Zeb. *

Accablé des cruelles réfléxions
que le Prince de la Chine faisoit
sur son malheur : O Ciel ! s'écria-
t-il, chacun de vous, à l'exception
d'Ahmedy, a trouvé de quoi nous

* Zeb est une des principales Provinces de Bi-
ledulgerid, auprès des Déserts de Barca en Af-
frique, dont la Capitale porte le nom.

faire subsister, & moi je suis encore à éprouver si la Fortune me
refusera de quoi me venger de
votre secours : Non, non, il ne
sera pas écrit dans le Ciel, que je
vous sois toûjours à charge ; alors
leur ayant dit qu'il vouloit les
quitter pour une heure seulement:
il leur ordonna de le venir joindre
dans la principale place de Zeb ;
& voulant être obéï malgré leur
opposition, il se separa d'eux. A-
près avoir traversé une grande
partie de la Ville, il s'assit sur un
banc de pierre qu'il trouva en son
chemin ; & rêvoit profondément
à son malheur, lorsqu'une pompe
funebre d'une grande magnificence passa par la rüe où il étoit alors.
Le chagrin l'accabloit tellement,
qu'insensible à tous les objets présens, il n'eut pas la moindre curio-
sité de s'informer pour qui les habitans de Zeb versoient des lar-

mes ; & quand le Chariot fur lequel étoit le Cercüeil, paffa devant lui, il ne fe leva point comme
tous les autres Spectateurs.

On fut fi fcandalifé de cette
action, que l'on imputoit à mépris,
que l'on dit mille injures au Prince ; il ne daigna point y répondre,
confiderant en lui-même à quoi
nous expofe la mifere ; mais fon
filence étant encore mal interpreté, l'un des Officiers de la pompe
funebre le frappa rudement au
vifage d'une baguette qu'il portoit à la main.

Outzim-Ochantey fut alors fi
tranfporté de colere, que tirant
fon fabre, il en fit voler la tête de
cet infolent. Un coup fi hardi
étonna tous les Spectateurs ; on
voulut fe jetter fur le Prince,
mais fe défendant comme un Lion
furieux, il mit plus de trente hommes hors de combat ayant que

l'on pût l'arrêter. Cependant le
nombre l'accabla : on le faifit ; on
lui lia les mains , & l'on alloit le
conduire dans une infâme prifon,
quand fes fix compagnons arriverent heureufement à l'endroit
où cette fanglante fcéne venoit de
fe paffer.

XXVII.

QUART-D'HEURE.

ILs n'héfiterent pas à mettre
tous le fabre à la main , & fondant inopinément fur ceux qui
s'étoient rendus maîtres d'Outzim-Ochantey, ils le délivrerent
bien-tôt de leurs mains : ce Prince
reprit alors fon fabre , & fe joi-
gnant à fes défenfeurs , ils répan-
dirent tellement la terreur dans la
Ville , que l'on abandonna la

pompe funebre, & que chacun se
mit à fuir de toutes ses forces.

Ahmedy s'informant alors
d'Outzim-Ochantey, par quelle
raison on l'avoit ainsi maltraité,
fut très-surpris d'entendre qu'il
l'ignoroit : mais ayant appris par
le Conducteur du Char sur lequel
étoit le Cercüeil, que c'étoit pour
n'avoir pas porté le respect dû au
corps du Roi de Zeb, nommé Meruan, qui venoit de mourir sans
héritiers, il résolut de profiter de
l'épouvante générale, & conseil-
lant au Prince & à ses compagnons de remettre le sabre dans le
foureau, il les conduisit vers le
lieu où le peuple avoit pris la fuite.
Ils arriverent dans une grande
place où il étoit assemblé, & mar-
chant d'un pas grave, ils aborderent les Principaux de la Ville,
qui les regardoient avec une espece de respect mêlé de frayeur.

Ahmedy alors fit figne qu'il avoit quelque chofe d'important à leur dire, il fe fit un filence univerfel, & ce fage Chinois leur parla en leur langue avec tant d'éloquence, que tout le peuple qui l'entouroit, ne fe laffoit point de l'écouter, & témoignoit le regarder comme un homme infpiré. Il fçut bien-tôt faire valoir cette credulité, & feignant d'avoir été averti par notre grand Prophete de tout ce qui devoit arriver après la mort de Meruan, & que pour terminer les differends qui devoient naître entre les principaux de la Province pour le choix d'un nouveau Roi, il avoit reçû ordre de leur amener des extremités du monde un jeune Prince d'une bravoure inoüie. Il leur commanda alors d'un ton fi abfolu de recevoir Outzim-Ochantey pour leur Roi, que perfonne n'ofa le con-

tredire, il leur fit enfuite un très-
beau portrait de la sageffe, & fur
tout de la valeur dont il venoit de
donner des marques éclatantes,
& finit par leur promettre toute
forte de profpèrité fous fon regne.

Ce difcours prononcé d'un air
de Prophete, avec une grace &
une adreffe extrême, furprit les
moins credules efprits. Le peuple
pouffa mille cris de joye : que ce
jeune Héros que Mahomet nous
envoye, regne fur nous & fur
nos defcendans, s'écria-t-il ; &
que quiconque s'oppofera à fon
élevation, foit réputé ennemi du
grand Prophete. Quand même
les prétendans à la Roïauté auroient voulu caballer contre le
Prince de la Chine, ils n'auroient
pû défabufer le peuple de la pré-
vention où il étoit ; mais ajoûtant
foi eux-mêmes aux paroles du
Mandarin, il n'y eut plus qu'une

voix pour proclamer Roi Outzim-Ochantey ; & on le conduisit sur le champ par toute la Ville qui le reconnut pour son Maître.

Ce Prince étoit dans un étonnement difficile à exprimer. Il regardoit cette avanture comme ces rêves agréables dont on apprehende de voir la fin ; mais y trouvant de la réalité, il reçut avec gravité les respects qu'on lui rendoit, fit achever la Pompe funebre de Meruan, à laquelle il voulut assister avec ses Compagnons, & ayant fait tirer du Trésor cens mille sequins d'or, il les répandit parmi le peuple.

Pour qu'il n'y eût personne de mécontent dans toute la Ville de Zeb, le nouveau Roi après avoir fait lever les corps de ceux que lui & ses Compagnons avoient privés de la vie, ordonna qu'on leur dressât un Tombeau magni-

fique, & faisant assurer par Ahmedy qu'ils joüissoient tous de la
récompense promise aux bons
Musulmans, il voulut encore
consoler leur famille autrement
que par des paroles, & fit donner
à leurs Veuves, & à chacun de
leurs enfans dix mille sequins d'or.

XXVIII.

QUART-D'HEURE.

AHmedy & Bakmas ne quit-
terent presque point le Prince, qui ne se gouvernoit que par
leurs sages conseils; il récompen-
sa liberalement les autres Compagnons de ses voyages, & fut
près de cinq ans sur le Trône, ado-
ré de tous les Sujets. Mais l'amour
de la Patrie agissant tout d'un coup
sur lui, & se rappellant sans cesse

l'inquiétude cruelle, où devoit être le Roi son pere depuis qu'il l'avoit quitté, il résolut de retourner à la Chine. Il assembla pour cela les principaux de son Royaume, & leur ayant exposé son dessein, il les pria de choisir deux d'entr'eux pour gouverner l'Etat avec Ahmedy & Bakmas, jusqu'à ce qu'il leur eût donné de ses nouvelles, & les pria, en cas qu'ils fussent trois ans sans en avoir, d'élire pour Roi qui ils jugeroient à propos.

Je passe sous silence, Seigneur, poursuivit Ben-Eridoün, les oppositions que l'on apporta à laisser partir le Prince, & le regret que l'on témoigna de le perdre ; quelque douleur qu'il vît sur le visage de ses Sujets, & quelque peine qu'il ressentît lui même à les quitter, il demeura ferme dans ses sentimens, embrassa ses six

amis, qui vouloient le fuivre malgré lui, prit quantité d'or & de
pierreries, & s'éloigna feul & in-
cognito de fa Capitale. Ahmedy
qui l'avoit élevé fur le Trône fut
le plus fenfible à l'éloignement du
Prince: mon cher Seigneur, lui
dit-il, en recevant fes adieux,
puifque vous êtes inflexible, &
que je vais vous perdre & peut-
être pour toûjours, recevez, je
vous prie, de moi cette efcarboucle ; il préfenta en même tems
à Outzim - Ochantey une pierre
précieufe de la groffeur d'une
noix, & chargée de caracteres
talifmaniques: la lumiere du Soleil, lui dit-il, n'eft pas plus vive
que celle que cette efcarboucle
répand dans l'obfcurité ; c'eft un
préfent que m'a fait un grand
Philofophe, & je le remets, Seigneur, entre vos mains comme
ce que j'ai de plus rare ; vous en

aurez peut-être besoin dans un
voyage d'auffi long cours que celui que vous entreprenez. Le Prince accepta le préfent d'Ahmedy,
& après l'avoir embraffé tendrement, il prit la route des Etats du
Roi fon pere.

Il n'arriva rien d'extraordinaire
au Prince de la Chine dans plufieurs Cours étrangeres où il paffa. Il s'y arrêtoit ordinairement
quelque tems, & y faifoit fort
belle figure; mais il s'étoit bien
corrigé des prodigalités qui l'a-
voient autrefois rendu fi miferable.

Enfin après un an de voyage
tant par mer que par terre, il arriva dans les Etats d'un Prince
nommé Kufeh. * A l'entrée de fa
Capitale, étoit une grande Place
ouverte de tous côtés, & que l'on

* Kufeh en Arabe fignifie effeminé, qui a peu
de barbe.

avoit rendu spacieuse par la ruine d'un vieux Temple que les Idolâtres avoient autrefois dédié à une Divinité nommée Pudorine. C'étoit sur ses fondemens mêmes que Kufeh avoit fait bâtir un Palais superbe. Au devant du Palais on voyoit un grand obelisque de marbre noir, sur lequel d'un côté étoient gravées en lettres d'or les Loix fondamentales de l'Etat, & de l'autre plusieurs Maximes de galanteries.

Le jeune Prince de la Chine s'amusoit à examiner cette plaisante Pyramide, lorsqu'il apperçut aux fenêtres du Palais deux femmes d'une beauté peu commune. Il en fut d'abord ébloüi; & s'informant qui elles étoient, il apprit que c'étoit les deux filles du Roi, dont l'aînée s'appelloit Modir, & la cadette Gulpenhé; *

* Gulpenhé signifie fleur de péché.

Il trouvoit la premiere tout-à-fait à son gré ; mais quelques étrangers lui en firent un si vilain portrait, qu'il effaça bien-tôt de son cœur l'impreffion qu'elle y avoit déja faite. Cette Princeffe, lui dit-on, n'eft jamais la même, tantôt blonde, tantôt brune, elle condamne aifément & fans aucun fujet ce que quelques jours auparavant elle avoit aimé avec fureur. Son feul caprice fait une loi indifpenfable par tout le Royaume ; elle étend même fon pouvoir jufques fur le langage, & tient tellement fous fa dépendance les Sujets du Roi fon pere, que fous peine de paffer pour ridicule, l'on n'eft plus en droit de rien faire ni de rien dire, s'il n'eft approuvé par cette bizarre Princeffe.

Pour Gulpenhé, lui dit un bon Vieillard des plus fenfés, quoique moins belle, elle eft bien plus à

craindre que fa fœur, il eft prefque impoffible de fe défendre de
fes charmes : elle a auprès d'elle
une vieille Efclave noire, nommée Kouroüm, * qui change de
figure & d'habits à tout momens
pour furprendre les jeunes étrangers qui arrivent en cette Ville.
Cette dangereufe Princeffe a fait
bâtir un Palais magnifique joi-
gnant à celui du Roi : Les Jardins en font fuperbes ; il s'y trouve plufieurs Labyrinthes inge-
nieufement conftruits, & où l'on
s'égare ordinairement avec elle ;
mais l'on n'eft pas plûtôt entré
dans un petit chemin bordé de
rofes, que l'on va fe rendre dans
une vafte campagne, appellée la
Prairie de Satieté : on ne voit plus
de rofes en cet endroit ; elles font
dépoüillées de leurs feüilles ; l'on
n'y trouve à la place qu'un vilain

* Kouroüm en Arabe fignifie fuye de cheminée.

fruit

fruit long & rougeâtre; & l'on y
perd tellement le goût des plaisirs,
que l'on n'aspire qu'à en sortir
pour n'y plus rentrer. En vain
Gulpenhé a fait mettre un large
fossé au bout du chemin de roses;
il n'y a presque personne, & sur
tout les hommes qui ne le fran-
chissent aisément.

Après avoir quitté ce Vieillard
de bon sens, le Prince faisoit encore réfléxion sur ce qu'il venoit
d'entendre, lorsqu'il fut abordé
par une femme couverte d'un
voile très-épais.

XXIX.

QUART-D'HEURE.

MOn fils, dit cette femme
au Prince, en lui prenant
la main, & le tirant à quartier;

vous êtes nouvellement arrivé en
ce Païs, je le connois à votre in-
difference, & au peu d'empreſſement que vous avez à chercher
les bonnes fortunes qui n'y ſont
pas rares pour des hommes comme vous; je viens vous en annoncer une qui doit faire le bonheur
de votre vie : Suivez-moi ſeulement, & ſoyez diſcret.

La curioſité emporta Outzim-
Ochantey, il ſuivit cette femme
ſans raiſonner; & après avoir marché aſſez long-tems, il arriva enfin dans une ruë fort étroite, au
bout de laquelle ſa Conductrice
ayant ouvert une petite porte,
elle le fit entrer par un eſcalier &
par une allée très-obſcure dans
un Salon éclairé de cent bougies,
enrichi de tout ce que l'art & la
nature peuvent fournir de plus
brillant. On y reſpiroit des odeurs
ſi douces, qu'elles enchantoient

les fens; & cette femme l'ayant
quitté pour aller avertir fa Maîtreffe de fon arrivée, le Prince
s'attacha à confiderer toutes les
beautés de ce lieu. Il fut bien-tôt
diftrait de cette occupation par
l'arrivée d'une jeune perfonne qui
entra dans le Salon : il en fut d'a-
bord enchanté, & fe jettant à fes
pieds avec précipitation : que
mon bonheur eft digne d'envie,
Madame, lui dit-il, que vous
ayez bien voulu me faire conduire
en ces lieux pour vous y jurer un
amour éternel ; non, Madame,
tout ce qu'il y a de plus beau fur
la terre n'approche pas......Le
Prince alloit continuer, lorfque
cette jeune fille le releva promptement : Seigneur, lui dit-elle toute
émuë, & le vifage couvert de
cette aimable rougeur que la pudeur feule fait naître, prenez garde à ce que vous faites ; ce n'eft

point moi qui dois caufer ces vio-
lens tranfports ; je ne fuis qu'une
malheureufe Efclave , mais quelque baffe que foit aujourd'hui ma
condition , je ne la changerois pas
contre celle de la Dame que vous
allez voir paroître : Si fon rang eft
élevé , fa conduite en eft fi éloignée que j'en ai à tous momens
honte pour elle : Songez feulement à répondre à la tendreffe
qu'elle prodigue indifcretement à
tous les hommes.

Le Prince de la Chine écou-
toit avec furprife cette belle perfonne , lorfque la vieille Efclave
qui l'avoit conduit en ces lieux y
entra avec la Princeffe Gulpenhé
qui s'appuyoit fur fon bras : Ima-
ginez-vous, Seigneur, pourfuivit
Ben - Eridoün , quelle fut la furprife & le chagrin du Prince ;
quoiqu'il eût été déja prévenu par
le Vieillard qu'il avoit trouvé dans

la Place qui étoit au-devant du
Palais, & par cette aimable fille,
il demeura si interdit, que la Princesse auroit pû s'en appercevoir
aisément, si moins accoûtumée à
se flatter, elle n'eût interpreté son
silence en sa faveur.

Quoiqu'elle fût vêtuë de la maniere du monde la plus galante,
& que le Prince lui trouvât mille
agrémens capables d'émouvoir
le plus insensible de tous les hommes, il reçut ses caresses avec une
stupidité qui passoit l'imagination.
L'esprit frappé de cette jeune
beauté à qui il avoit d'abord adres-
sé ses vœux, il trouvoit ses manieres si nobles & si differentes de
celles de Gulpenhé, qu'il étoit sur
le point, même en sa présence, de
donner à cette charmante fille des
marques de son amour; mais faisant reflexion que cette imprudence la lui feroit peut-être per-

dre pour toûjours, il fçut fe con-
traindre, & feignit pour quelques
momens de répondre aux tendres
empreffemens de Gupenhé. Ce
Prince étoit honteux de fes avan-
ces ; mais malgré fa répugnance,
elles étoient fi engageantes, qu'il
y auroit peut-être fuccombé, fi
l'une des Efclaves de la Princeffe
ne fût venuë lui dire que le Roi
fon pere vouloit lui parler dans le
moment même.

XXX

QUART-D'HEURE.

Gulpenhé parut chagrine de
ce contre-tems : Je revien-
drai bien-tôt, dit-elle au Prince,
& vous n'aurez pas le tems de vous
ennuyer dans la compagnie que
je vous laiſſe. Elle ordonna alors
à la jeune perſonne qu'Outzim-
Ochantey adoroit déja, de l'entretenir juſqu'à ſon retour, & ſortit en même tems avec Kouroüm
qui étoit la vieille Eſclave qui
l'avoit abordé dans la Place.

Le Prince vit Gulpenhé s'éloigner ſans regret, & profitant de
ſon abſence, il ſe jetta une ſeconde
fois aux genoux de cette fille incomparable : Que j'ai ſouffert,

Madame, lui dit-il , dans le peu
de tems que je me fuis trouvé
avec la Princeffe ; elle me prodigue vainement fes charmes, jamais elle ne fera la maîtreffe d'un
cœur fur lequel vous avez feule
un fouverain empire. Seigneur,
repliqua avec fierté cette jeune
perfonne , je ne fuis pas auffi facile que Gulpenhé ; dans le honteux efclavage où je fuis réduite,
mon ame eft plus libre que la fien-
ne , & la molleffe & l'oifiveté qui
regnent fouverainement en cette
Cour, n'ont pas encore corrompu
mon cœur ; il eft deftiné, ainfi que
ma main , à celui qui aura le courage de me mettre en poffeffion
de mes Etats , après avoir vengé
la mort du Roi mon pere.

Les larmes qui coulerent en ce
moment avec abondance des yeux
de cette Princeffe, percerent vivement l'ame du jeune Prince :
Rien

Rien ne me paroîtra impossible,
charmante Princesse, lui dit-il,
pour vous rétablir dans tous vos
droits, nommez-moi seulement
vos ennemis, & je vous convain-
crai que le seul héritier du Roi de
la Chine n'est pas indigne de toute
votre tendresse. La Princesse con-
sidera fixement le Prince : Ah !
Seigneur, lui dit-elle, ma fierté
combattoit vainement le penchant qui m'entraînoit vers vous ;
je viens de m'appercevoir en ce
moment que vous êtes destiné
pour être mon époux : Oüi, Prince, je vous accepte pour mon dé-
fenseur, & je le fais avec d'autant
plus de joye, que je suis sûre d'être
bien-tôt vengée d'un scelerat qui
fait tout le malheur de ma vie.
L'absence de Gulpenhé, continua-
t-elle, me donnera le tems de vous
instruire du détail de mes avantures : Je n'ignore pas le sujet pour

lequel le Roi fon pere l'a fait ap-
peller.

Un jeune Prince, nommé Atabek, eſt arrivé d'hier en cette
Cour, pour traiter de quelques
affaires avec le Roi Kuſeh. Ce
Monarque peu propre à voir interrompre ſes plaiſirs, & à ſoûtenir une guerre qu'Atabek vient
lui déclarer de la part d'un Roi
très-puiſſant, s'il n'en obtient pas
la ſatisfaction qu'il déſire : Cet indigne Monarque, dis-je, eſt con-
venu avec ſa fille qu'elle mettra
tout en uſage pour ſéduire par ſes
artifices le cœur de ce jeune Prince; elle y réüſſira ſans doute, &
pendant qu'elle travaillera ſans
répugnance à faire cette nouvelle
conquête, j'aurai peut-être aſſez
de loiſir pour vous conter mes in-
fortunes.

Outzim - Ochantey embraſſa
mille fois les genoux de la Prin-

cesse ; elle lui sçut bon gré de ces
transports, & l'ayant fait asseoir
sur un Sopha à côté d'elle, elle
commença ainsi son Histoire.

HISTOIRE

De Gulguli - Chemamé Prin-
cesse de Teflis.

JE dois le jour, Seigneur, au
sage Gomer - Yfouph, Roi de
Teflis, * & à la Princesse Ayna,

---

* Teflis, autrefois Artaxata, Capitale de la
Georgie ; elle est située au bas d'une Montagne
dont le fleuve Kur lave le pied. Le sang de Géor-
gie est le plus beau de tout l'Orient ; l'on ne voit
aucun laid visage en tout ce Païs - là parmi l'un
& l'autre sexe. La nature y a répandu sur la plûpart des femmes des graces qu'on ne voit point
ailleurs , & il est impossible de les voir sans les
aimer. Elles sont ordinairement grandes , déga-
gées , nullement gâtées d'embonpoint , & extrêmement déliées de la ceinture , de sorte qu'on ne
leur voit presque point de hanches , mais elles
se gâtent par le fard. Leurs habits ressemblent à
ceux des Persannes ; en un mot, l'on ne peut
peindre de plus charmans visages , ni de plus
belles tailles qu'en ont les Georgiennes.

fille de l'Enchanteur Zal reka Roi de Palabad ; * mais quoique ma naissance soit illustre, je n'en ai jamais été plus heureuse ; au contraire, à peine commençai-je à voir la lumiere, que le Ciel obstiné à me persecuter, répandit sur moi ses plus noires influences.

L'Enchanteur Zal-reka mon ayeul, après m'avoir donné en naissant toutes les qualités requises en une Princesse, me doüa encore d'une patience extrême, prévoyant sans doute que ce seroit une des vertus qui me seroit le plus necessaire, & me nomma Gulguli-Chemamé. * *

* Palabad est la presqu'Isle, entre le Gange dans les Indes.
* * Chemamé en Arabe, signifie pomme de senteur ; & Gulguli, couleur de rose.

XXXI.

QUART-D'HEURE.

LE sage Gomer-Ysouph mon pere, mettoit toute son occupation à m'instruire de ce qu'il y avoit de plus relevé dans la Nature & dans la Religion. A quinze ans je possedois presque toutes les Sciences, outre les talens que j'avois cultivé dans les autres occupations de mon sexe. Un jour que je me promenois avec le Roi mon pere dans les Jardins du Palais, je le vis s'arrêter pour entendre le ramage de plusieurs oiseaux, je remarquai qu'il les écoûtoit avec une extrême attention, & je fus étonnée de le voir rire tout d'un coup sans sujet. Cette saillie dans

un homme auſſi ſage me ſurprit ;
je l'importunai tant pour en ſçavoir la cauſe, que j'appris qu'il
entendoit le langage de tous les
animaux, & que deux Roitelets
venoient d'annoncer une bonne
nouvelle à quantité d'autres petits oiſeaux : Et quelle eſt cette
nouvelle, m'écriai-je en riant,
dans la penſée que mon pere plai-
ſantoit ? C'eſt, me dit-il, que la
Mule d'un Meûnier s'étant laiſſé
tomber auprès de la Fontaine des
Jaſſemins, le ſac qu'elle avoit ſur
ſon dos s'eſt rompu, & qu'il y a
quantité de grains répandus par
terre. Je priai Gomer-Yſouph,
pourſuivit la belle Georgienne,
de vouloir me conduire à la Fontaine : il eut cette complaiſance,
& je vis effectivement un ſi grand
nombre d'oiſeaux attachés à ra-
maſſer le grain que le Meûnier
n'avoit pû recüeillir, que je de-

meurai dans la derniere surprise.
Je persecutai mon pere pour
m'apprendre cette langue ; & né-
gligeant presque toutes les autres
Sciences pour m'attacher uniquement à celle là, j'y devins en moins
d'un an aussi habile que Gomer-
Ysouph. Il est impossible , Seigneur, continua Gulguli-Chemamé, de comprendre quel est le
plaisir de développer les differens
jargons des animaux, l'on y trouve mille fois plus de sagesse & de
naturel, que dans les hommes ; &
je vous en raconterai peut - être
quelque jour des traits qui vous
feront plaisir ; mais pour le present revenons à mon Histoire.

J'avois déja atteint ma seiziéme
année, & nous ne songions à rien
moins qu'au malheur qui nous arriva , lorsqu'un traître Enchanteur , nommé Bizeg-El-Kasak, *

* Kasak en Arabe , signifie inhumain.

pouffé par une vieille haine qu'il
avoit contre notre famille, nous
furprit une nuit avec une nom-
breufe armée. Il étrangla le fage
Gomer-Yfouph, la Reine ma
mere, & m'alloit pareillement
priver de la vie, lorfque touché
de mes cris, ou peut-être de quelques attraits qu'il remarqua en
moi, il fe contenta de m'enlever,
me tranfporta dans une Ifle au
milieu de la mer Cafpie, & m'enferma dans une forte Tour. Cette Ifle étoit gardée par des Fantô-
mes qui veilloient inceffamment;
d'horribles tempêtes en battoient
continuellement les côtes, & nul
mortel n'en pouvoit approcher
impunément, fi ce n'étoit un feul
jour de l'année, auquel tous les
Enchanteurs, Fées, Génies & autres efprits de cette nature étoient
indifpenfablement obligés de s'af-
fembler dans une grotte de la Co-

chinchine pour y rendre compte de leurs actions à celui qu'ils avoient élû leur Roi l'année précédente, & pour en choisir un autre parmi eux.

Le perfide Kazak ne m'eut pas plûtôt transporté dans cette triste prison, qu'il tâcha d'adoucir ma douleur par des manieres très respectueuses ; mon désespoir étoit si violent que je l'accablai des reproches les plus piquants, & je lui marquai tant d'horreur pour sa personne, qu'il fut vingt fois sur le point de me donner la mort; mais espérant apparemment que le tems fléchiroit mon esprit irrité, il ne fit que rire de tout ce que je lui dis ; & me laissant en proye à la plus vive affliction, il ne se présenta devant moi qu'au bout de huit jours : tout le corps me frissonne encore, Seigneur, quand je me rappelle cet affreux mo-

ment. Ce scelerat tenta vainement de me fléchir ; mais voyant
que ma douleur, loin de diminuer, augmentoit encore par sa
présence, il entra dans une fureur
extrême, & m'apprit nettement
qu'il falloit que je consentisse sur
le champ à ses infâmes désirs, sinon qu'il m'alloit faire brûler toute vive.

Cette alternative ne m'effraya
pas : je vis avec une grande tranquillité les préparatifs de ma
mort, & j'y courois avec joye, lorsque l'Enchanteur , qui n'avoit
pas dessein de m'ôter la vie, me
fit reconduire dans la Tour : je
pars pour la Cochinchine, me dit-
il , dont je serai de retour dans
vingt-quatre heures : je te donne
encore ce tems pour te résoudre ,
& si je ne te trouve pas soûmise à
mes volontés absoluës , j'userai
avec toi de la derniere violence.

Je ne daignai pas répondre à ces infolentes menaces, & réfoluë à me percer le cœur plûtôt que d'effuyer les brutalités de ce fcelerat, je le vis partir fans appréhender fon retour.

Zal-Rexa mon ayeul n'ignoroit pas le lieu de ma prifon, ni l'auteur de mes malheurs.

XXXII.

QUART-D'HEURE.

CEt Enchanteur attendoit avec impatience l'abfence de Kafak, il ne l'eut pas plûtôt vû partir pour la Cochinchine, que par la force de fon art il écarta les épais nuages qui me cachoient aux yeux de toute la terre ; il me tira de l'affreufe Tour où j'étois, après

m'avoir transporté en terre ferme,
il fit abîmer en ma préfence l'Ifle
où le perfide Enchanteur faifoit
fa demeure ; & me faifant traver-
fer les airs avec une rapidité incroyable, il me pofa dans une vafte campagne , d'où l'on voyoit à
découvert la Ville de Palimban. *

Il eft impoffible de bien exprimer l'excès de ma joye ; j'embraf-
fai alors mon ayeul avec toute la
fenfibilité poffible : ma fille, me
dit il, le tems me preffe , il faut
que je me rende fans differer à la
Cochinchine , où nous fommes
tous obligés de nous trouver avant
le lever du Soleil : J'y porterai mes
plaintes contre votre perfécuteur :
vous n'êtes plus foumife à fa puiffance , allez à préfent chercher
le Prince.... A ces mots, Seigneur , continua Gulguli-Che-

---

* Palimban eft une Ville Capitale d'un Royaume du même nom dans l'Ifle de Sumatra,

mamé, en verfant abondamment
des larmes, Zal-Reka s'arrêta
tout court. Une fueur froide lui
couvrit le vifage, il perdit l'ufage
de la parole pour quelques momens; & revenant enfuite à lui:
Ah. ma chere fille, me dit-il, d'u-
ne voix baffe & foible, mon heure eft venuë : je vois l'épée de
l'Ange de la mort prête à trancher le fil de mes jours : Tout mon
art ne peut m'empêcher d'aller
rendre compte de mes actions devant le Tribunal de notre Juge
Souverain ; mais j'ai la confolation
en mourant de connoître qu'un
jeune Prince, après avoir arraché
la vie à votre Tyran, vous épou-
fera, & vous remettra en poffeffion des Etats que le Traître a
ufurpé fur vous. Alors mon ayeul
frappant la terre de fon pied, il en
fortit une Mule Ifabelle harna-
chée magnifiquement : voilà, mê

dit-il, d'une voix mourante, & en m'embraffant pour la derniere fois, voilà dequoi vous conduire où votre fort vous appelle, fouvenez-vous feulement, ma chere Gulguli-Chemamé, ajoûta t-il, que vous êtes née Princeffe : cet avertiffement renferme tous vos devoirs.

A peine Zal-Reka eut achevé ces paroles, qu'il expira entre mes bras. Jugez, Seigneur, de l'excès de ma douleur & de ma crainte : je perdois le feul appui que j'euffe au monde, dans le tems qu'il m'étoit le plus neceffaire. Mon défefpoir redoubla encore en confiderant l'impoffibilité où j'étois de lui rendre les derniers devoirs, & je ne pouvois me réfoudre à abandonner fon corps aux bêtes féroces, lorfque je vis fortir de terre un Tombeau magnifique de Porphir & de Jafpe : j'y renfermai Zal-

Reka dans un cercüeil de Cedre,
& fermant la porte du Tombeau
que j'arrosai de mes larmes, je vis
s'élever à l'opposite un groupe de
bronze représentant le cruel Kasak dont la tête étoit séparée du
corps, & un jeune homme le sabre à la main. Comme les figures
étoient assez élevées, je ne pus
distinguer les traits du Vainqueur
de mon Tyran : je remarquai seû-
lement qu'il avoit un doigt de
moins à la main gauche, & comme avant que de vous faire le récit
de mes malheurs, je me suis ap-
perçûë que le petit doigt de cette
main vous manquoit, j'ai jugé que
c'étoit vous, Seigneur, que le
Grand Prophete a choisi pour me
venger ; & je me suis alors livrée
sans réserve à toute la tendresse
que mérite celui qui doit être un
jour mon époux.

Le Prince de la Chine, Seigneur,

gneur, poursuivit Ben-Eridoün,
se jetta en ce moment aux pieds
de la Princesse de Teflis: il ne trouvoit point de termes assez forts
pour lui exprimer l'excès de sa
joye, lorsqu'elle le releva avec
une extrême bonté : laissez-moi
profiter, lui dit-elle tendrement,
de l'absence de Gulpenhé, pour
vous achever mon Histoire, je
trouverai ensuite assez de tems
pour répondre à des protestations
de tendresse, qui font tout le bonheur de ma vie. La Princesse alors
reprenant le fil de son discours,
poursuivit ainsi.

Je montai sur ma Mule, & j'a-
vois fait près de trois lieuës sans
qu'il m'arrivât aucune avanture,
lorsqu'un matin m'étant arrêtée
pour la faire boire à une fontaine,
dont l'eau étoit extrêmement clai-
re, elle ne voulut jamais en approcher; pour moi qui avoit très-

soif, & qui ignoroit les conféquen-
ces qu'il y avoit de boire de cette
eau , je defcendis de deffus ma
Mule , & j'en puifai dans le creux
de ma main. Je ne l'eus pàs plûtôt
portée à ma bouche , que je tom-
bai à la renverfe. J'ignore , Seigneur , ce que je devins en ce moment : je fçai feulement qu'au
fortir de l'efpece d'affoupiffement
dans lequel j'avois été , je me trouvai entre les bras d'un grand homme noir , dont la levre de deffous
cachoit prefque tout le menton ,
tant elle étoit épaiffe ; je pouffai
un cri terrible à la vûë de ce monftre ; il n'en fit que rire , & me jettant dans un grand fac de cuir
qu'il ferma enfuite , il en paffa les
cordons dans fon bras gauche ; &
je ne fçai, Seigneur, où il m'alloit
porter , lorfqu'un homme fi petit,
qu'il eut aifément paffé entre les
jambes du Noir , accourut à toute

bride sur un cheval proportionné
à sa taille : arrête, cruel Cosayb,
lui cria-t-il de très-loin, il est
tems que ta tyrannie finisse.

XXXIII.

QUART-D'HEURE.

COsayb, c'est ainsi que se nommoit l'affreux Noir, fit d'a-
bord très-peu de cas des menaces
de ce petit homme ; cependant
quand il fut à une certaine distan-
ce de lui, je crus m'appercevoir
au mouvement de son bras qu'il
trembloit par tout le corps. Il ac-
crocha promptement le sac dans
lequel j'étois à une branche d'arbre, & se mit en défense avec une
massuë de fer à pointes d'acier ;
pour moi, Seigneur, je ne perdis

pas le jugement, avec un poignard
que j'avois à la ceinture je fis au fac
un trou affez grand , pour être
fpectatrice d'un combat que je
croyois bien devoir être tout-à-
fait à l'avantage du Noir; mais jugez de ma furprife , quand après
une défenfe opiniâtre de part &
d'autre , je vis ce petit Héros couper d'un feul revers de fon fabre
les deux jambes de fon ennemi , &
enfuite lui féparer la tête d'avec
le corps. Je ne puis vous témoigner
la joye que je reffentis d'une victoire auffi incroyable ; je fendis le
fac affez pour y paffer la tête , &
m'adreffant à mon Libérateur ,
je lui marquai en peu de mots l'o-
bligation infinie que je lui avois.

Ce petit homme fut furpris de
me voir dans cette pofture ; il me
témoigna la peine où il étoit de
ne pouvoir m'aider à defcendre ;
mais moi plus fertile que lui en

inventions, je coupai le fac de maniere qu'en ayant fait deux fortes
& larges couroyes, je me laiffai
glisser jufqu'à terre fans me bleffer : Madame, me dit alors le petit Nain, quelque plaifir que je
reffente d'être arrivé affez à propos pour vous empêcher d'être
le dernier objet de la cruauté de
Cofayb, je n'aurois pas été affez
heureux pour vous fauver la vie,
fi je n'avois eu à venger une fœur
qui éprouve depuis trop long-
tems la tyrannie du fcélerat à qui
je viens de donner la mort. Le hazard m'eft bien favorable, repris-
je alors ; mais, Seigneur, pardonnez ma curiofité : comment eft-
il poffible qu'avec autant de dif-
proportion qu'il y avoit entre Cofayb & vous, vous ayez pû le priver de la vie ? Il eft aifé, Madame,
répliqua le petit homme de vous
donner fatisfaction : fi vous vou-

358-*Les mille & un quart-d'heure,*
lez venir à Achem * où regne le
Roi mon pere; je m'offre en chemin faifant de vous apprendre les
motifs de ma vengeance, & par
quels fecours furnaturels j'ai pû
vaincre le traître Cofayb. Je re-
montai fur ma Mule, continua
Gulguli-Chemamé ; & voici ce
que me raconta mon Libérateur.

* Achem Ville célebre pour fon Port, & Capitale d'un Royaume du même nom dans la partie
Septentrionale de Sumatra, avec un Port de mer
très-fréquenté des Indiens.

HISTOIRE

De Boulaman - Sang - Hier, Prince d'Achem.

QUi croiroit, Madame, à voir ma taille & ma figure, que je fuſſe né d'une Géante ? cependant rien n'eſt plus vrai que je dois le jour à Fag-Houry, Princeſſe de Serendid, qui a près de huit pieds de haut ; mais il faut vous dire qu'en récompenſe, mon pere nommé Kouter-Aaſmaï Roi d'Achem eſt encore plus petit que moi.

L'Amour rend tout égal, mon pere qui en voyageant devint éperduëment amoureux de Fag-Houry, ne crut pas qu'elle fût trop grande pour lui, & la Prin-

cesse ma mere se laissant attendrir
aux protestations qu'il lui fit de
l'aimer toute sa vie , ne fit pas
attention à l'extrême inégalité qui
se trouvoit dans leurs tailles ; comme elle étoit maîtresse de ses volontés , parce que le Roi son frere
qui regnoit alors à Serendib, n'a-
voit que sept ans , elle consentit
que mon pere la conduisit à A-
chem , où il l'épousa.

Ma mere , quatre mois & demi
après son mariage accoucha de
moi à la mode des Pigmées, dont
mon pere tiroit de loin son origi-
ne , & l'on me nomma Boulaman-
Sang-Hier; mais comme elle avoit
conçû deux enfans tout à la fois,
après quatre autres mois & demi,
elle mit encore au monde une fille,
qui tenant d'elle , & venant suivant l'ordre ordinaire de la Nature, fut appellée Agazir à la belle taille ; ainsi quoique ma sœur
&

& moi nous fussions nés en differens tems , & de diverses gran-
deurs , nous ne laissâmes pas d'être
jumeaux.

Quand Agazir eut atteint l'â-
ge nubile , sa beauté fit tant de
bruit , qu'elle fut recherchée en
mariage par tous les Princes nos
voisins ; mais un de nos parens
qui se nommoit Badem , & qui regnoit à Pedir * , l'emportant par
dessus les autres , étoit prêt de voir
couronner sa flamme , lorsque le
cruel Cosayb devint malheureu-
sement amoureux d'Agazir. Le
refus qu'il reçut du Roi mon pere
le rendit furieux. Il déclara que
personne n'eût à prétendre à é-
pouser la Princesse , sous peine de
son indignation ; mais l'on se mo-

* Pedir est un Royaume fameux . qui fait porter son nom à sa Ville principale. Elle est située
à vingt lieuës environ d'Achem , & à l'extremité
de l'Isle de Sumatra , du côté du Nord , & presque sous la ligne.

qua de ſes menaces, & mon pere
ayant réſolu le mariage de Badem
avec ma ſœur : on les conduiſit à
la Pagode.

Une partie de la cérémonie é-
toit déja achevée, le Bonze avoit
fait toutes les Prieres, & Badem
alloit donner la main à Agazir,
lorſqu'on fut dans un extrême é-
tonnement de trouver le Prince
immobile, & de reconnoître qu'il
n'étoit plus qu'une Statuë de marbre.

XXXIV.

QUART-D'HEURE.

UN si triste évenement fit fremir mon pere & toute la Cour. Ma sœur qui aimoit tendrement Badem, en pensa mourir de douleur ; & les plus braves d'Achem voyant à quel point mon pere étoit sensible à cet accident, résolurent d'aller chercher Cosayb pour lui ôter la vie ; mais de tous ceux qui sont partis dans ce dessein, je suis le seul qui en soit revenu. Il est bon que vous sçachiez, Madame, continua le Prince Boulaman-Sang-Hier, que l'on ne peut aborder par terre dans nos Etats que par l'endroit où s'est passé mon combat avec Cosayb : ce perfide, à ce que j'ai sçû depuis,

Hh ij

s'attendoit bien qu'on chercheroit à le punir de son crime, il y forma l'enchantement que vous avez sans doute éprouvé ; on n'y est pas plûtôt arrivé, qu'une soif ardente vous oblige de vous rafraîchir à cette pernicieuse fontaine, dont l'eau ôte sur le champ l'usage de la raison, & plusieurs braves d'Achem sont apparemment péris par cette surprise, qui les a livré au pouvoir du cruel Cosayb. Enfin ma sœur étoit presque reduite à être sa victime, lorsque me promenant avant-hier avec agitation sur le bord d'un Canal qui est au bout des Jardins du Palais, j'y trouvai un jeune enfant de neuf à dix ans, qui faisoit des efforts pour arracher une petite tortuë de ses écailles, & qui n'ayant pû en venir à bout, la jetta plusieurs fois de toutes ses forces contre une grosse pierre : l'écaille de cette

Tortuë étoit si brillante, qu'elle
paroissoit semée de diamans ; je
l'ôtai des mains de cet enfant, &
je la considerois avec attention,
lorsque je crus en entendre sortir
quelques plaintes : je l'approchai
de mon oreille, & j'oüis effectivement qu'elle me prioit de la re-
jetter dans le Canal. Je fus d'abord
un peu ému d'une avanture aussi
extraordinaire : mais quelque envie que j'eusse de la garder, j'o-
béïs avec promptitude, peu ac-
coûtumé à de pareilles prieres ; à
peine eus-je remis la Tortuë dans
l'eau, que je la vis reparoître, &
me remercier du service que je
venois de lui rendre ; demande-
moi tout ce que tu voudras, me
dit ce petit animal, tu éprouveras
ce que peut sur la Fée Mulladine
un service aussi essentiel que celui que tu viens de lui rendre. Je
demeurai quelque tems immobi-

le, poursuivit Boulaman-Sang-
Hier, mais animé de ma vengeance : Sécourable Fée, repartis-je,
puisque vous mettez à prix un si
petit bienfait, donnez-moi, je
vous en conjure, les moyens de
délivrer ma sœur & le Prince Badem des persécutions de Cosayb :
Attens-moi ici un moment, reprit la Tortuë, je vais te chercher
le secours dont tu as besoin. Alors
s'étant plongée quelque tems dans
l'eau, elle revint ensuite au-dessus, tenant dans ses petites pattes
le sabre dont je viens de me servir ;
& après m'avoir instruit au sujet
de la fontaine enchantée, elle
m'ordonna d'aller combattre Cosayb, & sans attendre ma réponse, elle se replongea dans le Canal.

Je n'ai point hésité de suivre les
ordres de Mulladine, continua le
petit Prince d'Achem, j'ai volé à

la vengeance, malgré le Roi &
la Reine qui regardoient ma mort
comme certaine, & je suis arrivé
assez à propos pour vous délivrer,
Madame, de la brutalité de ce scé=
lérat.

CONTINUATION
DE L'HISTOIRE
De Gulguli-Chemamé Princesse
de Teflis.

Comme le Prince achevoit son Histoire, poursuivit la belle Georgienne, nous arrivâmes au Palais de Kouter-Afmay, Roi d'Achem.

L'on y avoit traité de vision, l'apparition de la Fée Mulladine au Prince, & l'on doutoit tellement de la réüffite de fon combat, que l'on pleuroit fa mort, lorf qu'on s'apperçut que le Roi de Pedir venoit de reprendre fa premiere forme. Ce Monarque, qui avoit cessé d'être Statuë au mo-

ment même que le Monstre étoit
expiré , vint au - devant de nous
avec le Roi , la Reine & la Princesse Agazir. Si tôt qu'on eut appris du Prince d'Achem le détail
de sa victoire , que je confirmai ,
ce ne furent que réjoüissances ;
chacun s'empressa d'aller voir le
Noir , qui tout mort qu'il étoit ,
avoit encore quelque chose de si
menaçant dans le visage , qu'il ef-
frayoit les plus intrepides. Le Roi
fit allumer un grand feu dans lequel on jetta le corps de ce scélé-
rat , & après avoir donné ordre
qu'on dressât en cet endroit un
monument éternel de la victoire
du Prince d'Achem , il fit célébrer
cet heureux jour par mille fêtes
galantes. Badem & son illustre é-
pouse me comblerent de marques
d'amitié , & j'aurois volontiers
passé un tems considerable avec
eux , si toûjours animée de ma

vengeance, je n'eusse résolu d'aller chercher mon Libérateur.

Ce ne fut pas sans une extrême violence que Boulaman - Sang-Hier put se résoudre à me laisser partir : il étoit devenu passionnément amoureux de moi ; mais quoique sa petite personne fût fort agréable, qu'il eût infiniment d'esprit, & que je lui dûsse la vie, comme je sçavois bien qu'il n'étoit pas destiné à me venger de mon Tiran, je le priai instamment de ne plus songer à m'aimer.

X X X V.

QUART-D'HEURE.

LE petit Prince pensa mourir de douleur à mes pieds. Il fit pourtant ses efforts pour m'obéir, & se contentant de toute mon estime, il me vit embarquer avec assez de tranquillité en apparence.

J'étois née, Seigneur, pour tomber de malheurs en malheurs. A peine avions-nous fait cent cinquante lieuës, que notre Vaisseau fut attaqué par un célèbre Corsaire ; comme nous lui étions beaucoup inferieurs, il fallut nous rendre & subir la loi du Vainqueur ; ce ne fut pas sans verser des larmes que je me vis encore privée de la liberté, mais un instant après j'eus moins lieu de me plain-

dre, quand Faruᴋ (c'eſt ainſi que
ſe nommoit le Corſaire) m'aborda avec une certaine timidité que
n'ont point les gens de ſa profeſſion. Il n'eſt pas juſte, Madame,
me dit-il très-civilement, que de
ſi belles mains que les vôtres
ſoient chargées de chaînes ; vous
êtes libre dans ce moment : heureux ſi votre cœur l'étoit autant
que votre perſonne, & ſi mon reſpect & ma complaiſance pouvoient un jour mériter votre tendreſſe.

Quelque ſurpriſe que je fuſſe
d'une déclaration auſſi prompte
& auſſi vive, je crus devoir diſſi-
muler avec Faruᴋ : je lui laiſſai
entre-voir quelque eſperance d'ê-
tre ſenſible à ſon amour, & ſur
cette confiance je joüis d'une en-
tiere liberté.

Je commençai à exercer le pouvoir que j'avois ſur ſon eſprit, par

délivrer des chaînes, non feulement tous ceux qui s'étoient trouvés dans notre Vaiſſeau, mais encore quelques Eſclaves qu'il avoit
fait dans d'autres occaſions. Il fit
plus, il leur rendit la moitié de
ce qu'on leur avoit ôté; les fit
monter ſur un petit Brigantin,
leur donna des armes & des pro-
viſions; leur permit de prendre
telle route qu'il leur plairoit : &
ne reſerva de toutes ſes priſes qu'-
une jeune Indienne qu'il garda
pour me tenir compagnie.

Cette fille, pourſuivit la Princeſſe de Teflis, étoit d'une beauté
raviſſante, un port majeſtueux,
l'air noble, les yeux vifs, la bouche & les dents extrêmement belles, les cheveux noirs, qui re-
levoient l'éclat d'un teint d'une
blancheur à ébloüir, & une gorge
charmante, formoient une des
plus aimables perſonnes que j'euſ-

fe encore vûë ; & tant de perfections étoient encore relevées par
un parler gracieux qui enlevoit
tous les cœurs.

Quelque affligée que je fuffe,
la jeune Indienne l'étoit encore
plus que moi, fes beaux yeux
étoient fans ceffe baignés de larmes, & quoique je lui fiffe mille
careffes pour en tarir la fource,
je ne pus d'abord y réüffir. Je lui
reprefentai que j'étois peut-être
encore plus malheureufe qu'elle ;
mais que cedant au tems, je me
faifois une extrême violence pour
cacher ma douleur à Faruk : Ah !
Madame, me dit-elle, je n'ai point
tant de force d'efprit que vous,
& je ne fçais pas me faire une pareille raifon : l'état où je fuis, me
reduit au défefpoir. Je preffai cette aimable fille de me conter le
fujet d'une affliction fi vive : Epar-
gnez-moi, Madame, ce recit, me

répondit-elle, mes malheurs ne
meritent pas de vous occuper un
seul moment. Enfin, continua
Gulguli-Chemamé, j'embrassai
tant de fois cette jeune Indienne,
en mélant mes larmes avec les
siennes, que je l'engageai à me
parler ainsi.

HISTOIRE.

De Satché-Cara * Princesse de Borneo. **

BRUNINGHIR Roi de Borneo, ayant épousé Gulbeas *
Princesse de Sumatra ** en eut
deux filles, dont je suis la cadette.
Le Roi & la Reine qui s'aimoient
tendrement, moururent après
douze ans de mariage, & nous
laisserent par consequent dans un

---

* Satché-Cara en Arabe, signifie cheveux
noirs.

** Borneo est un Isle, dont la Capitale qui
porte le même nom, est située dans l'Occean
Indien.

* Gulbeas veut dire rose blanche.

** Sumatra Java & Borneo, sont les trois
principales Isles de la Sonde.

âge

âge fort tendre. Quoique ma sœur n'eût alors que neuf ans, & que je fusse seulement plus jeune qu'elle d'une année, nous ressentîmes toute la douleur possible de cette perte ; & si quelque chose put la diminuer, ce fut qu'on ne nous sépara point ma sœure & moi.

Ghionlux Roi de Java, qui avoit épousé la sœur de ma mere, & qu'en mourant elle avoit fait prier de prendre soin de nous, vint lui-même à Borneo : il y laissa un Vice-Roi, & nous ayant conduit à Java, il nous remit entre les mains de la Reine son épouse.

Ce Monarque n'avoit qu'un fils unique un peu plus âgé que ma sœur aînée. Il étoit continuellement auprés d'elle, & crut voir avec plaisir que Sirma * (c'est le nom de la Princesse ma sœur) ré-

* Sirma signifie or-trait.

pondoit à ſes tendres empreſſe-
mens : elle auroit eu de la peine
à refuſer ſon cœur à un Prince
qui avoit autant de bonnes qualités. Il étoit d'une figure charmante, & ſa phiſionomie mar-
quoit quelque choſe de ſi enga-
geant, qu'on ne pouvoit le voir
ſans l'aimer ; mais ce qui le rendoit
encore plus recommandable auprès de ma ſœur, étoit le bon caractere d'eſprit.

Le Roi de Java cheriſſoit notre
mere dans ſes enfans ; il avoit autrefois voulu l'épouſer, à ce que
l'on m'a aſſûré ; mais étant tombé
dans une maladie très-longue &
très-dangereuſe, pendant laquelle
on déſeſpera pluſieurs fois de ſa
vie, il fut ſurpris étant revenu en
ſanté, d'apprendre qu'il avoit été
prévenu par le Roi de Borneo notre pere, & que celui de Sumatra
avoit diſpoſé de Gulbeas en ſa fa-

veur. Il en conçut un extrême
chagrin; mais la Princesse Gul-
nad-hare sœur cadette de ma
mere étant une vive image de son
aînée, Ghiouluк ne put se consoler de ce qu'il venoit de perdre,
qu'en la demandant en mariage:
il l'obtint aisément, & en eut au
bout de dix mois Samir-Agib, le
modéle de toutes les perfections.

Ce Prince avoit déja plus de
vingt-ans, & le Roi son pere son-
geant à le marier, jetta les yeux
sur la Princesse de Bisnagar, *
seule & unique héritiere du
Royaume de ce nom.

C'étoit en effet un avantage si
considerable pour le Prince de
Java, que Ghionluк s'imagina
que l'ambition de son fils seroit
très-satisfaite de cette alliance;
il lui parla du dessein qu'il avoit

* Le Royaume de Bisnagar est dans l'Inde en
deçà du Gange; il est d'une très grande étendue.

d'envoyer des Ambaſſadeurs au
Roi de Biſnagar, pour tâcher d'en
obtenir la Princeſſe ; mais il trouva le Prince ſi interdit à cette propoſition, qu'il vit bien qu'elle ne
lui faiſoit pas de plaiſir : Un en-
gagement vous effraye peut être,
mon fils, lui dit-il avec douceur ;
mais ſi vous connoiſſiez la Princeſſe de Biſnagar, à qui l'on n'a
donné le nom de Donei-Kerin, *
que parce qu'il n'y a rien dans la
nature au-deſſus d'elle, vous chan-
geriez bien-tôt de réſolution. Je
vous donne un mois pour vous y
réſoudre ; rendez-moi réponſe
après ce tems, & faites en ſorte
que j'aye lieu de me loüer de votre obéiſſance.

Le Prince fit une profonde inclination ſans répondre au Roi
ſon pere, il ſe retira dans ſon appartement, où après s'être un

* Perle parfaite.

peu remis du trouble où il étoit :
il paffa dans celui où nous étions
ma fœur & moi. Il nous regarda
quelque tems avec triftefle fans
nous parler, & fes larmes com-
mençant à couler malgré lui : Sirma toute émûë, lui demanda tendrement le fujet de fon affliction :
Ah ! Madame, lui dit Samir-Agib,
en redoublant fes pleurs ; quel ordre barbare viens-je de recevoir ?
Le Roi de Java me deftine à la
Princeffe de Bifnagar , & je n'ai
qu'un mois pour me réfoudre à
une union qui feroit tout le malheur de ma vie , fi je n'avois pas
affez de force pour réfifter aux
volontés de mon pere. Ma fœur,
pourfuivit Satché-Cara, fut étour-
die à cette nouvelle ; elle regarda
fixement le Prince , & le voyant
dans un accablement extrême :
Ah ! Samir-Agib , lui dit-elle, que
je vais être malheureufe ; vous

obéïrez, & je vous aime avec trop
de délicateſſe pour ne vous pas
conſeiller de le faire. Qu'eſt-ce
que Borneo au prix de Biſnagar,
& quelle comparaiſon y a-t-il entre une perle baroque & une perle
parfaite.... Arrêtez, Madame,
s'écria le Prince de Java, toute
comparaiſon m'eſt odieuſe ; jamais
Donei - Kerin , quelque mérite
qu'on lui vante , n'aura ma main
ni mon cœur : l'un & l'autre ſont
reſervés pour la ſeule Sirma ; &
je mourrai plûtôt que de rompre
les ſermens que j'ai faits ſi ſouvent
de l'aimer toute ma vie.

XXXVI.

QUART D'HEURE.

QUe cette conversation fut tendre & généreuse, & que ma sœur y fut sensible aux nouvelles protestations du Prince son cousin ! Il venoit à tout moment l'assurer de son amour ; & il s'étoit déja passé plus de trois semaines du tems que Ghionluĸ lui avoit donné pour prendre sa résolution, lorsque ce Monarque se promenant un soir dans les Jardins de son Palais, apperçut le Prince son fils qui entroit seul dans un petit bosquet : il avoit remarqué qu'il étoit devenu triste, rêveur, & qu'il cherchoit la solitude depuis qu'il lui avoit parlé de la belle Donei-Kerin. Il voulut en découvrir la

cause, & ordonnant à ceux de sa
suite de l'attendre , il se glissa derriere une palissade , d'où il pouvoit
aisément voir & entendre Samir-
Agib.

Ce Prince qui se croyoit seul &
en liberté de se plaindre , s'étoit
d'abord abandonné à une profonde rêverie , il parut ensuite écouter avec attention de petits oiseaux
qui remplissoient l'air de leurs
tendres accens : heureux oiseaux,
leur dit-il , qui n'êtes point contraints dans vos amours & ne recevez d'autres loix que celles que
votre penchant vous inspire , por-
tez plus loin votre agréable ramage ; mon ame plongée dans la plus
vive douleur , ne sçauroit voir votre félicité sans envie ; elle ne fait
que renouveller mes tourmens :
le tems s'approche , continua-t il
tristement, qu'il faut que je rende
réponse au Roi mon pere : O ciel !
comment

comment lui déclarerai-je une
paſſion ſi contraire aux intérêts de
ſa Grandeur ! La Princeſſe de Biſnagar balancera ſans doute dans
ſon cœur les bontés qu'il auroit
pour moi dans toute autre occa-
ſion; mais quelle autre que la Princeſſe de Borneo, pouvoit toucher
une ame auſſi inſenſible que la
mienne ? Sur quelles roſes ſe
voyent des couleurs auſſi vives que
celles qui brillent ſur le teint de la
charmante Sirma ? Et en qui trou-
vera-t-on ces beautés divines qui
éclatent ſur ſon viſage, & d'où le
ciel ſemble emprunter ſa ſérenité ?
N'eſperez pas, foibles mortelles,
l'emporter ſur mon adorable Princeſſe ; elle mérite de donner des
loix à tout l'Univers.... Où m'emporte ma paſſion, reprit Samir-
Agib, par un triſte retour ſur lui-
même ? hélas ! plus cette Princeſſe
a de charmes, plus ſa privation

me doit coûter de pleurs ! Mais
pourquoi répandre des larmes,
puis-je brûler de plus beaux feux?
Ah ! charmante Princeſſe de Borneo, vous n'avez pas encore aſſez
de pouvoir ſur mon cœur ; un a-
mour auſſi violent que le mien
doit ſervir d'exemple à tout l'U-
nivers : rompons un injurieux ſilence ; tâchons de vous obtenir du
Roi mon pere, & ſi mes prieres,
mes ſoumiſſions & mes larmes ne
peuvent le fléchir, faiſons connoître par un beau déſeſpoir, qu'il eſt
ſouvent dangereux d'irriter un
jeune courage , qui regarde la
mort comme la fin de tous ſes
maux.

Samir-Agib ſortit du boſquet
dans cette réſolution , & laiſſa
Ghionlux auſſi ſurpris qu'affligé
de ce qu'il venoit d'apprendre.
Le Prince ſon fils lui étoit très-
cher ; il nous aimoit tendrement:

ma sœur & moi, poursuivit Satché-Cara ; mais le Royaume de
Bisnagar le faisoit pencher en faveur de Donei-Kerin. Il se retira
cependant fort incertain ; & après
avoir rejoint sa suite, il s'enferma
dans son appartement sans vouloir
parler à personne. Il fut fort agité le reste de la journée & la nuit
suivante ; mais la satisfaction de
son fils lui étant plus chere que
celle qu'il esperoit en l'unissant
avec Donei-Kerin, il n'hésita plus
sur ce qu'il avoit à faire ; & fit ap-
peller Samir-Agib : Mon fils, lui
dit-il, je sçai ce qui se passe dans
le fond de votre cœur ; vous aimez
Sirma, & quelque raison que
j'eusse de m'opposer à cet amour,
je ne laisse pas de l'approuver puis-
qu'il fait, selon vous, le bonheur
de votre vie ; mais comme l'autorité que j'ai sur les Princesses de
Borneo pourroit faire croire que

j'aurois ufé de mon pouvoir pour
vous unir enfemble, il faut prendre des tempéramens pour y parvenir fans engager mon honneur.

XXXVII.

QUART-D'HEURE.

SAmir Agib fut dans ce moment auffi étonné qu'il pouvoit l'être. Il rougit, baiffa les
yeux, & fut quelque tems fans répondre au Roi fon pere, appréhen-
dant que ce Monarque n'ufât d'artifice pour découvrir la paffion
qu'il reffentoit pour Sirma ; mais
ayant enfuite repris fes fens, il crut
voir tant de bonne foi dans les actions de Ghionluk, que fe jettant
à fes pieds : Ah ! Seigneur, lui
dit-il, en les lui embraffant, que
ne dois-je point à vos bontés? Vous
me rendez la vie au moment que

j'allois peut-être me livrer au défefpoir le plus funefte : Oüi, mon
pere, j'adore l'aimable Sirma ; le
fang qui nous joint a tellement lié
nos cœurs, qu'il n'y a que la mort
feule qui puiffe rompre une fi belle union ; & puifque votre Majefté veut bien y confentir, il eft un
moyen fûr pour ne point bleffer
fur cela fa délicateffe : la Princeffe eft dans un âge capable de remplir un Trône : permettez, Seigneur, que j'aille la placer fur celui de fes ancêtres, c'eft à Borneo
que je dois l'obtenir d'elle, c'eft-
là que j'efpere que l'amour feul la
déterminera en ma faveur.

Que votre paffion eft ingénieu-
fe, reprit Ghionluk, en embraffant le Prince fon fils : Allez donc,
lui dit-il, annoncer vous-même
cette nouvelle à votre Princeffe,
& difpofez tout ce qu'il faut pour
la conduire à Borneo.

K k iij

J'étois auprès de ma sœur, pourfuivit la jeune Princesse Indienne,
lorsque Samir-Agib entra dans
son appartement. La joye brilloit
dans ses yeux, & il étoit si tranfporté de la conversation qu'il venoit d'avoir avec le Roi son pere,
qu'il fut long-tems sans pouvoir
parler. Il embrassa les genoux de
Sirma avec transports : Charmante Princesse, lui dit-il, enfin tout
conspire à mon bonheur, il n'est
plus fait mention de Donei-Kerin,
vous êtes aujourd'hui Reine de
Borneo ; je viens de recevoir l'ordre de faire tout préparer pour
vous y mettre sur le Trône : c'est-
là que vous serez Maîtresse abso-
luë de vos volontés : c'est-là où je
veux mourir Esclave des vôtres.
Ma sœur ressentit une joye infinie à cette nouvelle ; elle releva
Samir-Agib : Mon cher Cousin,
lui dit-elle tendrement, mes vo-

lontés seront toûjours soûmises
aux vôtres, puisque dès aujour-
d'hui je vous accepte pour mon
Seigneur & mon époux, & que je
ne m'estimerai jamais heureuse
qu'autant que je possederai votre
tendresse.

J'étois présente à cette conversation, dont je ressentis tout le
plaisir possible, poursuivit Satché-
Cara, elle se termina par de nouvelles assurances de tendresse, &
le Prince se retira ensuite pour
donner les ordres necessaires pour
notre départ, qui fut fixé au quin-
ziéme jour suivant. Pendant ce
tems ma sœur reçut les complimens des principaux Seigneurs de
Java ; chacun d'eux pour faire la
cour au jeune Prince, dont on n'i-
gnoroit pas la passion, fit des présens magniques à la nouvelle Reine de Borneo, & notre appartement qui n'étoit ordinairement

accessible qu'à Samir-Agib, fut
ouvert à tout le monde pendant
tout le tems que nous restâmes à
Java.

Voici, Madame, continua la
jeune Princesse Indienne, le commencement de mes malheurs. Un
Juif nommé Isaac Mier, à ce que
j'ai sçû depuis, profita de cette liberté. Il me vit, j'eus le malheur
de lui plaire ; & cet insolent osa
porter ses vœux jusqu'à moi. Comme il ne sçavoit par quel moyen
venir à bout de ses desirs, il eut
recours à une fameuse Magicienne nommée Doubana, & lui promit une somme considerable, si
par son art elle pouvoit me rendre
sensible pour lui.

Doubana sous l'exterieur d'u-
ne modestie achevée, s'insinua
dans le Palais ; elle fit connoissan-
ce avec quelques-unes de mes Esclaves, & les engagea avec ma

permiſſion, à aller ſe réjoüir à une petite Maiſon qu'elle avoit dans un endroit délicieux, appellé la Fontaine aux Roſiers ; parce que effectivement il y en avoit là une qui prenoit ſa ſource du pied d'un Roſier qui portoit des fleurs pendant toute l'année ; il n'y avoit pas deux lieuës de Java à cette Maiſon ; mes femmes à leur retour m'en firent un récit ſi charmant qu'elles m'inſpirerent la curioſité d'en juger par moi-même. Je propoſai à ma ſœur d'être de la partie ; elle étoit trop occupée des préparatifs de ſon départ, & je fis ſçavoir à Doubana que j'irois le lendemain à ſa Maiſon de Campagne, accompagnée ſeulement de huit de mes femmes, & de douze Eunuques noirs.

XXXVIII.

QUART-D'HEURE.

JE fus reçûë par cette perfide avec toutes les apparences d'un respect sincere. Après avoir examiné les appartemens qui me parurent d'une très-grande propreté, je descendis dans les jardins. Comme il faisoit encore assez chaud, Doubana me présenta un voile de couleur de rose : je le mis sur ma tête ; mais à peine en fus-je couverte, que je ressentis un feu inconnu qui me couroit de veine en veine : j'ignorois ce que je sentois, une tendre langueur s'étoit emparée de tous mes sens, & j'avois honte de m'arrêter aux réflexions qui occupoient alors mon esprit. Enfin, Madame, je m'éloi-

gnai feule de ma fuite, rêvant à la
fituation extraordinaire où je me
trouvois. La pudeur me fit chercher la folitude ; je m'enfonçai
dans un petit bois, & j'en avois déja plufieurs fois parcouru les al-
lées, lorfqu'Ifaac-Mier, que je ne
connoiffois pas encore pour ce
qu'il étoit, m'aborda d'un air fort
embarraffé ; je connus en ce moment mon imprudence, & je voulois éviter la vûë de cet homme en
me cachant de mon voile, lorfque
je le vis à mes genoux me déclarer
fon amour en des termes affez
nouveaux pour moi. Je le rebutai
d'abord fans me faire connoître ;
mais comme il me fuivoit par tout,
je ne voulus pas differer davantage à l'inftruire de ma qualité ; je
crus par là mettre fin à fes impor-
tunités ; mais que devins-je, quand
cet infolent me parla ainfi ? Je n'i-
gnore pas, Madame, que je m'a-

dreſſe à la Princeſſe Satché-Cara,
ni l'extrême diſtance qu'il y a d'elle à moi ; mais mon amour eſt plus
fort que toutes les réflexions que
j'ai pû faire pour l'éteindre : con-
ſentez de bonne grace, Madame,
continua-t-il effrontement, à unir
votre ſort au mien , puiſqu'auſſi
bien toutes les Puiſſances de la terre ne peuvent empêcher que cela
ne ſoit.

Je frémis à ces inſolentes menaces ; mais quelque venin qui fût
répandu ſur le voile de Doubana , il ne fit pas apparemment tout
l'effet qu'elle en attendoit ; je ne
pus ſouffrir la hardieſſe du Juif :
malheureux , lui dis-je, en éle-
vant la voix , & d'un ton très-irri-
té : qui que tu ſois, fuis ma préſen-
ce, ſi tu veux éviter la punition que
tu mérites.

Iſaac-Mier fut étonné de la fermeté avec laquelle je lui parlois :

il me quitta en tremblant, & courut rendre compte à la Magicienne du peu de fuccès qu'il avoit eu
auprès de moi.

Je demeurai abîmé en ce moment dans mes réflexions, & je
ne pouvois revenir de ma furprife,
lorfque Sidhim, l'une de mes filles, me rejoignit avec empreffement: Ah! Madame, me dit-elle
toute effrayée, en quel lieu fom-
mes-nous? la fameufe Magicienne qui en eft la Maîtreffe, nous
a cruellement trompées par des
dehors de fageffe & de vertu qui
auroient ébloüi tout le monde;
cette perfide confpire contre votre honneur: j'étois derriere une
groffe touffe de rofiers, lorfque
j'ai vû un homme affez en défordre l'aborder & lui parler bas;
Doubana a rêvé quelques momens, enfuite lui adreffant la parole: Que la refiftance de la Prin-

cesse ne vous inquiete pas, lui a-
t-elle dit, je la livrerai bien-tôt à
vos desirs : prenez garde à une
seule chose, il n'y a qu'un demi
quart de lieuë au plus d'ici à la
demeure de Firnaz, surnommé le
Génie de la raison, empêchez que
la Princesse ne tourne ses pas vers
son Palais, tout mon pouvoir de-
vient inutile quand on y a mis le
pied, & nous pourrions nous re-
pentir tous deux le reste de nos
jours de l'entreprise où nous som-
mes embarqués ; retournez donc
promptement vers Satché-Cara,
& ne la quittez point que je ne
vous aye rejoint, je vais pendant
ce temps donner ordre à ce qu'il
faut pour réduire cet esprit si fier.
Ah ! fuïons au plus vîte, ma chere Sidhim , m'écriai-je , tout le
corps me frissonne; sauvons nous,
s'il est possible , de ce pernicieux
séjour , & cherchons prompte-

ment la protection de Firnaz.

Deux jeunes biches épouvantées par le bruit des Chasseurs ne courent pas plus promptement que nous fîmes en cette occasion. Nous trouvâmes heureusement ouverte une petite porte du Jardin, qui donnoit dans une avenuë de ronces & d'épines, & dont dans de certains endroits le passage étoit si étroit, qu'elles nous déchiroient le visage & les mains : cet obstacle nous parut leger : nous nous fîmes jour à travers de mille pointes qui nous mirent tout en sang, & nous apperçûmes bientôt un Palais fort petit & très-antique, que je jugeai être celui de Firnaz, par la difficulté qu'il y avoit d'y aborder. Nous n'avions plus que quelques pas à faire pour y entrer, lorsque la perfide Magicienne qui nous le rendit tout d'un coup invisible, fit paroître à nos

yeux une large Riviere qui nous
boucha le paſſage. Je m'arrêtai d'a-
bord, mais aimant mieux mourir
que de tomber ſous le pouvoir de
Doubana, je pris Sidhim par la
main, & je me précipitois avec elle
dans cette riviere, lorſque je me
ſentis arrêtée par mes habits: Vous
fuïez vainement, me dit alors la
malheureuſe Magicienne, je ſçaurai bien vous ſoumettre à mes volontés. Je tâchai vainement, Madame, de la fléchir par mes larmes
& par mes prieres, le traître Juif
qui l'accompagnoit, me fit connoître que rien n'étoit capable de
le détourner de ſa réſolution, &
l'on nous reconduiſoit Sidhim &
moi avec menaces vers la Fontaine des Roſiers, quand un Roſſignol
volant à tire d'aîles vint ſe percher
ſur mon épaule, & me laiſſa tomber dans le ſein un anneau d'or.

Je regardai cette bague comme
un

un secours divin ; je la mis promptement dans mon doigt, & je n'eus pas plûtôt imploré le secours de Firnaz ; que Doubana & le Juif tomberent à la renverse, que la riviere qui m'avoit empêché d'aborder au Palais du Génie, disparut à mes yeux, & que je ne vis plus sur ma tête le pernicieux voile de la Magicienne.

X X X I X.

QUART-D'HEURE.

JE laissai, Madame, continua la jeune Princesse de Borneo, la miserable Doubana & le traître Juif dans l'état où ils étoient, & entrant promptement dans le Palais de Firnaz, je me trouvai tout autre qu'auparavant.

Le Génie nous reçut Sidhim, & moi avec une extrême bonté ;

mes chers enfans, me dit-il, peu
de personnes de votre âge & de
votre sexe me viennent rendre visite : mon nom seul les effraye,
je ne vois ordinairement dans
mon Palais que des Vieillards usés
par les plaisirs, & des femmes de
la derniere décrepitude : mais
puisque vous veniez me chercher,
il étoit bien juste que je vous ti-
raffe des mains de l'infâme Doubana, en vous envoyant, comme
je l'ai fait, l'anneau de réflexion ;
cette bague a des vertus merveil-
leuses ; elle dissipe toutes les er-
reurs dans lesquelles nous plon-
gent ordinairement une jeunesse
inconsidérée, & des passions tou-
jours violentes , & elle nous fait
suivre scrupuleusement & sans
peine, nos devoirs les plus étroits ;
quoique vous ayez moins besoin
qu'un autre d'un tel anneau, continua-t-il, en m'adressant la paro-

le, gardez-le, je vous prie, comme un gage éternel de mon amitié, il vous fera bien-tôt utile pour vous déterminer à faire un choix digne de vous.

Puissant Firnaz, secourable Génie, lui dis je alors en me prosternant à ses pieds, quelles obligations ne vous ai-je point ? J'en ferai reconnoissante jusqu'au dernier soupir : mais joignez à tant de bontés celle de m'apprendre quel est l'indigne mortel avec qui la Magicienne vouloit m'unir ?

Le Génie m'apprit alors, comme je vous l'ai raconté, Madame, il y a quelques momens ; que cet insolent s'appelloit Isaac Miér, qu'il étoit le fils d'un Juif, & me fit un si vilain portrait du caractere de cet audacieux, que je tremble encore au seul récit du danger que j'ai couru : mais, juste Firnaz, poursuivis-je, en m'adres-

sant au Génie, cette perfide Magicienne tentera-t-elle encore impunément de séduire de jeunes
cœurs ; & l'infâme Isaac-Mier, ne
portera-t-il point la peine de son
crime ?

Que ce noble courroux me plaît,
reprit le Génie, j'ai déja pourvû
à votre vengeance, ma chere fille,
Doubana vient d'être punie par
l'endroit le plus fensible à une
femme ; outre que je l'ai privée de
tout son pouvoir, & chassée hon-
teusement de la Fontaine aux Rosiers : je l'ai renduë encore si af-
freuse, qu'elle fera déformais
l'horreur du genre humain. Pour
le Juif, à l'heure que je vous parle, il est enfermé dans une grande
cage de fer, dans laquelle quatre
Monstres affamés lui succent le
plus pur de son fang, s'il y en peut
avoir de pur dans un corps aussi
vil & aussi abject que le sien, &

je veux qu'il y finisse ses jours, accablé du remords de tous ses crimes.

J'appris avec satisfaction, poursuivit la jeune Princesse Indienne,
que le Génie avoit pris soin de ma
vengeance ; je l'en remerciai, & le
priai de souffrir que je retournasse
au Palais de Ghionluk. Il m'y fit
transporter dans le moment ; il y
rassembla les femmes & les Eunuques qui m'avoient suivi à la Fontaine aux Rosiers ; & l'on apprit
à Java cette avanture avec une
extrême surprise. Comme Firnaz
avoit puni lui-même les coupables, on ne songea plus à eux, &
nous partîmes quelques jours a-
près pour Borneo, où nous arrivâmes heureusement. Ma sœur
y fut proclamée Reine ; & elle déclara sur le champ qu'elle épou-
soit le Prince son cousin.

La Renommée qui avoit déja ré-

pandu à Borneo les rares qualités
de Samir-Agib , fit que l'on fut
charmé de se voir sous la domi-
nation de ce Prince. Les plaisirs
se succederent les uns aux autres
pendant plus d'un mois , & les
principaux Seigneurs de Borneo,
inventoient tous les jours des di-
vertissemens pour réjoüir leur
nouveau Roi.

Je vous avoüerai , Madame ,
que je ne voyois pas sans envie le
bonheur de ma sœur , & je le trouvois si parfait , que je souhaitois
incessamment d'en avoir un pareil.

Un soir que je me promenois
avec Sidhim dans les Jardins du
Palais, je vis briller à mes pieds
quelque chose sur le sable , je le
ramassai précipitamment , & je
trouvai un Portrait en mignature
enrichi de diamants d'une grosseur extraordinairement mon-

XXXX.

QUART-D'HEURE.

JE ne pûs regarder sans émotion
cette peinture qui representoit
un jeune homme d'une beauté
achevée. Je consultai alors l'Anneau de réfléxion; & je sentis augmenter dans mon cœur une paffion très-violente pour l'original
de ce Portrait; mais me défiant
de la surprise de mes sens: Puissant
Firmaz, m'écriai-je, où êtes-vous?
Ah! vous n'approuverez jamais
que je m'abandonne avec autant
de promptitude au penchant flat-
teur qui m'entraîne vers un objet
si charmant! Tu peux te livrer
sans reserve aux secrets mouvemens que l'amour t'inspire, me
répondit une voix que je reconnus

être celle du Génie fans le voir.
Le Prince dont tu vois la peinture,
fera ton époux. Je fus tranfportée
de joye à cette agréable nouvelle,
pourfuivit la jeune Princeffe de
Borneo ; autorifée par le Génie
de la raifon à aimer un Prince qui
me paroiffoit fi parfait ; je m'imaginai par avance joüir avec lui
d'une felicité fuprême.

Jugez, Madame, par vous-mê-
me, fi je me flattois à tort, me dit
Satché-Cara ; en me mettant alors
en main une petite boëte d'or dans
laquelle étoit le Portrait de fon
Amant. Je ne l'eus pas plûtôt ouverte, continua la Princeffe de
Teflis, que je fis un grand cri : ô
Ciel, m'écriai-je, que vois-je !
Quoi, c'eft là le Portrait de celui
qui doit être votre époux ; Satché-
Cara fut dans un étonnement extrême au cri que je fis. Connoî-
triez-vous ce Prince, me dit-elle
avec

avec empreſſement ? Ah! Madame , je vous conjure de ſatisfaire au plûtôt ma curioſité ſur ce point. J'héſitai quelques momens à lui répondre, mais j'en fus priée avec tant d'inſtance , que je ne pus cacher à cette jeune Princeſſe que je devois la vie au Prince ſon amant, puiſque c'étoit le petit Boulaman-Sang-hier. Ce Prince, lui dis-je , a tout le mérite poſſible; il eſt très-bien fait dans ſa taille, je ne vous dirai rien de ſes traits , puiſqu'il reſſemble parfaitement à ce Portrait ; mais il renferme une grande ame dans un corps trop petit , c'eſt-là ſon ſeul défaut. Je fis alors à Satché-Cara le recit du combat du Prince d'Achem contre Cozaïb , & je lui racontai en peu de mots les obligations infinies que je lui avois.

La jeune Indienne fut quelque tems interdite, mais conſiderant

avec attention son anneau ; qu'importe, me dit-elle, que le Prince
soit aussi petit que vous me l'assu-
rez, pourvû que l'esprit & le bon
caractere répare les défauts de sa
taille ; le Génie mon protecteur
est trop sage pour permettre que
je sois unie avec une personne qui
ne me convienne pas. Suivons sans
nous plaindre les arrêts de notre
destinée, & attendons qu'il plaise
au dieu Vichnou de disposer de
nous à sa fantaisie ; elle continua
ensuite son Histoire en ces termes.

J'avois à tous momens ce Portrait devant les yeux, & souvent
même à la chasse, où j'allois avec
ma sœur & le Prince son époux,
je m'écartois la plûpart du tems
pour avoir le plaisir de le consi-
derer sans témoins.

Un jour que j'étois dans cette
occupation , je fus surprise par
une pluye furieuse. L'obscurité

succeda bientôt à l'orage, je voulus regagner le gros de la chasse, mais les éclairs & le tonnerre effrayerent si fort le Cheval sur lequel j'étois montée, que je n'en fus plus la maîtresse. Il s'éloigna tellement des routes ordinaires que je me perdis; la nuit vint, je me trouvai très embarrassée, je mis pied à terre, & appercevant de loin une foible lumiere à travers quelques arbres, je tournai mes pas vers cet endroit, en conduisant mon Cheval par la bride. Plus je marchois, plus la lumiere peroissoit s'éloigner; je la suivis près d'une heure sans sçavoir le péril que je courois; mais enfin fatiguée d'un si long chemin, j'attachai mon Cheval à un arbre, je me couchai sur l'herbe, & je m'endormis tranquillement. Jugez, Madame, de ma frayeur à mon réveil, de me voir au bord

d'un précipice des plus affreux,
& dans lequel j'aurois trouvé une
mort infaillible , si j'avois fait
quelques pas de plus.

Je compris alors que quelqu'un
de ces esprits élementaires , qui
se plaisent à faire périr les personnes qui marchent de nuit , m'a-
voit conduit en ces lieux , je re-
broussai chemin , & suivant une
pente assez douce je me trouvai
au bout d'une heure sur le bord
de la Mer. J'étois dans une inquiétude extrême de ne trouver personne qui pût me remettre dans
mon chemin, lorsque quatre noirs
sortant de derriere quelques ro-
chers , saisirent la bride de mon
Cheval, & me prirent entre leur
bras. Je fis des cris & des efforts
inutils pour leur échaper. Ils me
transporterent dans une chaloupe
qui n'étoit pas éloignée , & deux
de ces miserables ramant de tou-

tes leurs forces, pendant que les autres m'empêchoient de me précipiter dans la Mer, ils aborderent un Vaiſſeau qui étoit à la rade à une demie lieuë environ de l'endroit où j'avois eû le malheur de perdre ma liberté.

On me preſenta au maître de ce Vaiſſeau ; c'étoit un homme d'une taille extraordinairement haute, le ſourcil épais, le regard farouche, le col court, un peu voûté, & dont la phiſionomie avoit quelque choſe d'affreux. Il me fit entrer dans ſa Chambre & m'abordant d'un air inſolent ; ſeche tes pleurs, me dit-il bruſquement, & loüe le grand Prophete de t'avoir deſtiné à l'honneur de ma couche. Loin d'obéïr à ſes ordres, je redoublai mes larmes ; mais ce ſcelerat peu ſenſible à ma douleur, s'étant approché de moi pour m'embraſſer, j'en fus ſi in-

414 *Les mille & un quart-d'heure*,
dignée , que me faisissant d'un
poignard qu'il avoit à sa ceinture,
je le frappai droit au cœur.

Fin du premier Tome.

TABLE

Des Histoires contenuës dans ce premier Volume.

Tome I.   N n

Fin de la Table du premier Tome.